副刊文丛
—
主编
李辉
王刘纯

群星闪耀

——从八大山人到赫拉巴尔

孙小宁 编

中原出版传媒集团
中原传媒股份公司
大象出版社
·郑州·

图书在版编目(CIP)数据

群星闪耀：从八大山人到赫拉巴尔/孙小宁编.—郑州：大象出版社，2020.7
(副刊文丛/李辉，王刘纯主编)
ISBN 978-7-5711-0635-5

Ⅰ.①群… Ⅱ.①孙… Ⅲ.①散文集-中国-当代
Ⅳ.①I267

中国版本图书馆CIP数据核字(2020)第099933号

QUNXING SHANYAO

群星闪耀

——从八大山人到赫拉巴尔

孙小宁 编

出 版 人 王刘纯
项目统筹 李光洁 成 艳
责任编辑 管 昕
责任校对 安德华
封面设计 段 旭
内文设计 杜晓燕

出版发行 大象出版社(郑州市郑东新区祥盛街27号 邮政编码450016)
发行科 0371-63863551 总编室 0371-65597936
网 址 www.daxiang.cn
印 刷 河南瑞之光印刷股份有限公司
经 销 各地新华书店经销
开 本 787 mm×1092 mm 1/32
印 张 8.5
字 数 112千字
版 次 2020年7月第1版 2020年7月第1次印刷
定 价 39.00元

印厂地址 武陟县产业集聚区东区(詹店镇)泰安路与昌平路交叉口
邮政编码 454950 电话 0391-2527860

“副刊文丛”总序

李　辉

设想编一套“副刊文丛”的念头由来已久。

中文报纸副刊历史可谓悠久，迄今已有百年。副刊为中文报纸的一大特色。自近代中国报纸诞生之后，几乎所有报纸都有不同类型、不同风格的副刊。在出版业尚不发达之际，精彩纷呈的副刊版面，几乎成为作者与读者之间最为便利的交流平台。百年间，副刊上发表过多少重要作品，培养过多少作家，若要认真统计，颇为不易。

“五四新文学”兴起，报纸副刊一时间成为重要作家与重要作品率先亮相的舞台，从鲁迅的小说《阿Q正传》、郭沫若的诗歌《女神》，到巴金的小说《家》等均是在北京、上海的报纸副刊上发表，从而产生广泛影响的。随着各类出版社雨后春笋般出现，杂志、书籍与报纸副刊渐次形成三足鼎立的局面，但是，不同区域或大小城市，都有不同类型的报纸副刊，因而形成不同层面的读者群，在与读者建立直接和广泛的联系方面，多年来报纸副刊一直占据优势。近些年，随着电视、网络等新兴媒体的崛起，报纸副刊的优势以及影响力开始减弱，长期以来副刊作为阵地培养作家的方式，也随之隐退，风光不再。

尽管如此，就报纸而言，副刊依旧具有稳定性，所刊文章更注重深度而非时效性。在新闻爆炸性滚动播出的当下，报纸的所谓新闻效应早已滞后，无法与昔日同日而语。在我看来，唯有副刊之类的版面，侧重于独家深度文章，侧重于作者不同角度的发现，才能与其他媒体相抗衡。或者说，只有副刊版面发表的不太注重新闻时效的文章，才足以让读者静下心，选择合适时间品茗细读，与之达到心领神会的交融。这或许才是一份报纸在新闻之外能够带给读者的最佳阅读体验。

1982年自复旦大学毕业，我进入报社，先是编辑《北京晚报》副刊《五色土》，后是编辑《人民日报》副刊《大地》，长达三十四年的光阴，几乎都是在编辑副刊。除了编辑副刊，我还在《中国青年报》《新民晚报》《南方周末》等的副刊上，开设了多年个人专栏。副刊与我，可谓不离不弃。编辑副刊三十余年，有幸与不少前辈文人交往，而他们中间的不少人，都曾编辑过副刊，如夏衍、沈从文、萧乾、刘北汜、吴祖光、郁风、柯灵、黄裳、袁鹰、姜德明等。在不同时期的这些前辈编辑那里，我感受着百年之间中国报纸副刊的斑斓景象与编辑情怀。

行将退休，编辑一套“副刊文丛”的想法愈加强烈。尽管面临新媒体的挑战，不少报纸副刊如今仍以其稳定性、原创性、丰富性等特点，坚守着文化品位和文化传承。一大批副刊编辑，不急不躁，沉着坚韧，以各自的才华和眼光，既编辑好不同精品专栏，又笔耕不辍，佳作迭出。鉴于此，我觉得有必要将中国各地报纸副刊的作品，以不同编辑方式予以整合，集中呈现，使纸媒副刊作品，在与新媒体的博弈中，以出版物的形式，留存历史，留存文化，便于日后人们借这套丛书领略中文报纸副刊（包括海外）曾经拥有过的丰富景象。

“副刊文丛”设想以两种类型出版，每年大约出版二十种。

第一类：精品栏目荟萃。约请各地中文报纸副刊，挑选精品专栏若干编选，涵盖文化、人物、历史、美术、收藏等领域。

第二类：个人作品精选。副刊编辑、在副刊开设个人专栏的作者，人才济济，各有专长，可从中挑选若干，编辑个人作品集。

初步计划先从20世纪80年代开始编选，然后，再往前延伸，直到“五四新文学”时期。如能坚持多年，相信能大致呈现中国报纸副刊的重要成果。

将这一想法与大象出版社社长王刘纯兄沟通，得到王兄的大力支持。如此大规模的一套“副刊文丛”，只有得到大象出版社各位同人的鼎力相助，构想才有一个落地的坚实平台。与大象出版社合作二十年，友情笃深，感谢历届社长和编辑们对我的支持，一直感觉自己仿佛早已是他们中间的一员。

在开始编选“副刊文丛”过程中，得到不少前辈与友人的支持。感谢王刘纯兄应允与我一起担任丛书主编，感谢袁鹰、姜德明两位副刊前辈同意出任“副刊文丛”的顾问，感谢姜德明先生为我编选的《副刊面面观》一书写序……

特别感谢所有来自海内外参与这套丛书的作者与朋友，没有你们的大力支持，构想不可能落地。

期待“副刊文丛”能够得到副刊编辑和读者的认可。期待更多朋友参与其中。期待“副刊文丛”能够坚持下去，真正成为一套文化积累的丛书，延续中文报纸副刊的历史脉络。

我们一起共同努力吧！

2016年7月10日，写于北京酷热中

目　录

在地的寻访

长文章之于副刊（代序）

孙小宁

这本小册子是我主持的《北京晚报》副刊“人文”版面“文艺地图”成书的第三本，我特意选了一些体量大的长文章结集。长，是就报刊文章而言。一般来说，报刊，尤其是都市类晚报，副刊的文章都在千字上下，而我选的篇目，基本都在5000字以上，有的近万字，还只是我所刊发的作者同一主题下的其中一篇。回头来看，这算得上我副刊编辑生涯中的轻奢时期。尤其今天，报纸副刊阵地普遍缩小，这样的长文更是无法再现。所以在我，这本小书也是一个纪念。

事实上，能在相当一段时间在纸媒副刊编发长文，也是报刊应对时代之变的一个阶段性转型。初起，自然也是和微博、微信、自媒体公众号的勃兴有关。面临竞争的纸媒编辑，在思考着什么家底尚属不可替代之时，渐渐把目光聚焦于副刊。又渐渐从短文转到长文。这是因为，即使是副刊中不具备强新闻效应的短章美文，同样也很快被纳入自媒体的传播链当中，并成为其集结另一种影响力的手段。不信你看，那些颇有吸引力的文艺公众号“读首诗再睡觉”之类，也就是短诗加短评，每日一篇，就很是得文艺小众们的欢心了。而什么又不适合在手机上浏览一下就过呢？大概是那种想把东西说通说透，同时又呈现一种舒展而不是拘谨的写作态度的文章。这两样分别指涉内容的丰厚与文字的技艺要求，这就需要一定的体量来支撑展现。

举例来说，同样是做“文艺地图”类文章，同一个作者到了一个有说头的地方，你只给千字篇幅，大概所有的见闻感想，就只能凝成某个感悟瞬间，但若体量充沛，作者则可以沿着自己的兴趣点探挖下去，没准挖到的会是连他也意想不到的一口深井。再经他精心铺排，曲折有致地叙述，完全可以源源不断涌来些涓涓细流。作为编辑，我无数次被这样曲径通幽的长文章打动，因此不忍裁切那些重要的思絮的源头。我以为，给这样的作者框定字数，如同给他们的写作裹上紧身衣，对读者对报纸副刊都是损失。

这也是我在那段时间内，争取每期都有一篇“文艺地图”性质的长文的主要原因。另外，我也认为，并不是每个有机会造访新地、考察或者参观一些文艺地标的人，都能写出如此精彩的文章。因为我总相信，只有自己已拥有一座矿，才可以借此出几吨煤；只守着一个煤筐，却想堆成煤山，是断断不可能的。硬抻硬扩篇幅也不行，那样只能照见其中的匮乏。

而事实证明，令我满意的作者，他们都是坐拥富矿者。我甚至能看出，当他们为我写作这篇文章的同时，一个更宏阔、持久的写作计划也在暗暗进行着。而这篇文章，只是这漫漫征程中一个驿站而已。

我喜欢与这样的作者同行。这俨然相当于，我在一个更大的果实成熟之前，已隐然分享了其中的喜悦。有事实为证的是，这本书中的《从白云山馆到裸心堡》，最后就化进了历史写作者赵柏田先生那本厚重的历史上下卷《枪炮与货币》当中。同理，我也相信，我的作家朋友袁敏，那一组追寻俄罗斯文学初恋的系列文章，最后应该会成为一本填补空白的书——整整一代人都在俄罗斯文学的浸润与影响下，而像她这样执着地沿着一位作家生前的轨迹做多方探寻的还是少见。给青年时期的阅读，做如此的岁月报偿，地下长眠的那位俄罗斯作家有知，也当三生有幸。

因为都是长文，而丛书页数又自有规格，这里所选的篇什，只能做我所心仪的一类写作样貌的代表——其余的文章，也许会出现在下一本“文艺地图”集中，也未可知。同样为了眉目清晰，我将这次的文章分成“隐在故纸册页间”与“在地的寻访”两大类。其实，写这类文章的人，这两项工作无不在交叉进行，只不过，对有些题材来说，遗迹不在，故址不存，通过故纸爬梳、想象、还原的因素多一些。而有些，更有在地寻访的实感。说到那种实感，有些真是可遇而不可求。比如奚耀华先生那篇《帕斯捷尔纳克墓地寻访记》，作者在帕斯捷尔纳克墓前碰到那位时不时来为作家修整墓地的老人，按那岁数，大概今天再去的人已无缘相见。

如果看过此前的两本“文艺地图”集，不难发现，我不止一次在这类集子的前言、后记中说：这些文章的作者，多数也是我的朋友，或者说亦师亦友。也正是和他们做了多年的编读往来，我受益很多，不仅是写作方面，还有对一件事的专注与热诚。我还记得，当江南的作家袁敏不管不顾地追寻早年喜爱的俄罗斯作家足迹而去之时，我还曾为她语言与地理的完全不通暗暗担心。因为在我看来，语言，尤其是俄语，那可是个大障碍啊！光靠在俄的年轻留学生做向导，会有多少收获呢？但是，“精诚所至，金石为开”，在陆续编稿当中，很多不经意的发现，开始从她的行文当中漫溢出来，而诸多线索，既得益于她的热诚，也得益于被她所感染的留学生向导与司机，以及沿途被问到的俄罗斯人。所以，这世上最怕的仍然是“认真”二字。她的那组俄罗斯文章，我曾破天荒地以不连贯的三期刊出，这节奏，其实也正应和了她踏破铁鞋又峰回路转的一路征程。当然，限于本书篇幅，我只选第一篇。

本书中还有一篇是好朋友、小说家宁肯的关于赫拉巴尔的文章。此前第一本“文艺地图”书《想起京都一只鸟》中，也曾收录赫拉巴尔在中国的出版者龙冬的文章《致赫拉巴尔》，但两篇文章没有一丝重复，却又构成相互的应和。这不能不说，所谓的发现与寻找和写作者的心灵特质有多么大的关联。伟大的赫拉巴尔创造了一个词语——过于喧嚣的孤独。而我知道，愿意写作这些文章的作者大抵也承受着同样的孤独。与他们共享这孤独，让我也感到，寂寞中同样可以蕴含着丰富与博大。当然，身为副刊编辑多年，我不是没编辑过短章美文，且内心从不曾轻视过它们。就如同歌曲有短歌与长调，它们同为人类心灵的表达。而从某种意义上讲，精彩而隽永的短文，如同贝类体内的珍珠，需要更多的时间与生命体验来凝成。我只是在最近几年，集中约写长文，并且认识到，无论是写作还是人生历练，大部分人是最后才抵达那个短而精的境界，而这中间，需认真对待的反而是“多”与“杂”。如何对素材入得更深、积累得更厚、提纯得更精当，还包括传达得更从容，都是我从这些文章里不断体味的。

这一册的书名，是到最后编辑阶段才决定下来。我一向习惯从书中篇目中抽取意象，看目录自然不难看出，“群星闪耀”四字取自旅居海外的作家潘蕾那篇文章的标题——“康科德群星闪耀”。潘蕾写一手行云流水般好看的灵动文章，这篇我每次拿起都会津津有味一路读下去，并对由梭罗、爱默生等构成的康科德意象，充满神往。事实上，当我在诸多长文中选定这12篇，再作打量之时，我发现，它们所对应的作家、艺术家，正好组成一个群星闪耀的星空，让我不时想怀着敬意仰望。所以，我索性把头一篇和末尾两篇所对应的两个人，做到了副标题上，而他们竟然一个是高古孤绝的八大山人，一个是卑微而又高远的赫拉巴尔。

当把这样的版面文章转化成书稿，一遍遍过校样时，我都依然能感到写作者与被写者身上共同而强烈的精神气息。对此，我心中只有双重的感谢。自然，我同样感谢曾经使它们立体地呈现于版面的诸多同事。但愿这本书，能成为我们共同的纪念。

2019年10月8日改定

隐在故纸册页间

豫章绘事，八大足印

程　维

南昌最早是叫豫章的，且时间之长，比之叫南昌，有过之而无不及。现在豫章成了南昌别称，或代指老南昌。然豫章之名，是隐秘而伟大的，这里面藏着的，是一座古城的厚重人文。

过去，外地人来南昌，都往城南跑。

跑去干什么？看八大山人。仿佛是去寻找一个人的前世。但准确地说，是看他的画。那里有个青云谱道院，俨然一处南昌难得保存的古典小园林。这对当年颓旧、单调、乏善可陈的南昌来说，殊为罕见。据说清初的晚明遗民朱耷，自号八大山人的，在这里隐居作画，名重天下。至20世纪50年代一个叫李旦的先生考证这段来历，道院有八大山人手植老桂及其墓，并有心将从民间收集到的八大山人的画藏于道院库房，妥善保存起来。在常人眼里，八大山人的画无甚可观，以丑怪著称。残山剩水、孤鱼独鸟，为其拿手绝活。挂堂屋，绝无吉利喜庆可言，反而有着乖张与戾气，土财主不会喜欢，老百姓喜欢不了，能识几个字的人未必瞧得明白，但穷酸文人喜欢，士大夫也青眼有加。八大山人身为逢着换代之际末路王孙的破落户，一生过得颠沛且寒碜，僧人、癫子、哑巴、怪咖，都是他在俗世的烙印，好在他能画一手好画，他的画如同他的身世，孤独，桀骜，禅意道心，仿佛歪打正着，前人从没这么画过，是天意成全了他。但世间不懂艺术的，毕竟是大多数，从他行世与故去，已300余载矣，能有多少人看得懂他。老实说，我至今不敢说能看懂多少。我家靠饭桌的墙上就挂着一幅，由江西美术出版社根据八大山人《安晚册》原作限量高仿印制的鳜鱼图。那年我为江西美术出版社写了些文字，该社社长为表答谢，很是当回事就把这幅图送给我了，说与真迹效果差不多。八大山人真迹自是罕见，隔着玻璃我隐约见过几幅，只能看到他笔墨中的冷逸与孤独。八大山人的鱼是苦涩的，和我在饭桌上吃的味道显然不一样，那是世俗所不能兼容的东西。所以，当年八大山人流落民间的画未必能卖大价钱，我说他是中国的凡·高。那年余光中对我说，凡·高在世时，他的画被人用来盖菜坛子。

青云谱道院，由于八大山人，是20世纪70年代乃至80年代初期偌大个南昌城，唯一可作散心和游观的地方。

我当年高考后为了驱散心中鸟气，就和几个同学，各骑一辆破自行车往城南奔，一头扎进青云谱道院，其时已是八大山人纪念馆。我先是呆呆地看画，和绝大多数人一样，说不出好来，没有那种邂逅大师如遭雷击棒喝的感觉。其实那时我已习画有年，只是画素描、色彩之类，当时画《中国人民解放军占领南京》巨幅油画的陈逸飞和《霸王别姬》油画的汤沐黎，以及《西藏组画》的陈丹青是我心目中的大神，我家里有《伦勃朗画册》《罗丹艺术论》，却没有有关八大山人的片纸。说白了，我人生初次遇见八大山人，不是冲着他的画去的，是去青云谱道院散心的，那里也挤满了怀着同样心思的人，竹篁、荷塘、曲廊、亭榭，给我们心头的闷热与浮躁带来一些清凉。八大山人是个古人，即使青云谱道院由他而引来不少游人，但他于那年也好像是个托儿。

在日常生活中，大师与绝大多数人压根不挨着，若是挨着，十之八九会把他视作神经病，八大山人尤为典型。他当年出现在南昌街头，哭哭笑笑，疯疯癫癫，就是个神经病。然而，他是伟大和富有创造力的“中国病人”之一，他的画也是病画。这种人所患的病一半来自天生，一半来自境遇。

八大山人是神秘的，他的画与身世留下诸多不解之谜，跟着八大山人捡脚印，因其跟别人大异，自然也就难寻些。

前世：宗室后裔，晚明遗民

八大山人生于明天启六年，即 1626 年秋，其家庭背景显赫，乃明宗室后裔，传为明宁藩朱权弋阳王奠土监七世孙。南昌宁王府位于今日章江路省歌舞团及子固路省话剧团与省京剧团的那一大片院落，20 世纪 70 年代我家与旧王府比邻而居，从棕帽巷一翻墙就进了省歌舞团破败而凋敝的院落。明清建筑的王府屋宇虽不存，却遗有老墙的月亮门及高大古树，院内占地恢宏的台基上，遗有古建筑廊柱的巨大圆形石头基座，可以想见当年王府的气派。而从省歌舞团院落大门出去，横着的是人声鼎沸，污水遍地，鱼腥味扑鼻的露天菜市一条街，旁边有钟鼓楼。1927 年南昌起义时，这里是义军指挥部，架着机枪，整个宁王府内驻的卫戍司令部队都在扫射范围内。明清之际，这条路是通章江门的，那是接官送府之地，外来要人自水路而来，得从章江门码头登岸。意大利传教士利玛窦当年盘桓南昌三年，与弋阳王多有往来，交谊颇深，是得到过不少帮助的。八大山人生于末路王室之家，父亲是个哑巴，但画得一手好画，他希望儿子将来成为一个艺术家，所以八大山人早年是接受过良好的书画训练的。至其 19 岁，天崩地坼，明亡清立，清政府把明宗室追杀得屁滚尿流，八大山人家破人亡，如丧家之犬，奔窜山林以求活命，先逃到南昌伏龙山洪崖藏身，在饥寒交迫中熬过数年，23 岁时不得不遁入空门，到南昌以东约 70 公里的进贤县介冈灯社鹤林寺剃度为僧，拜介冈灯社住持弘敏头陀为师，取僧名传綮，号刃庵，从此开始了长达 27 年的禅林生涯。出家为僧于他而言是迫不得已，清初推行剃发令，留头不留发，留发不留头，这对晚明遗民是一道生死坎，怎么迈过去？剃光脑袋出家，不失为一途，明清之交遗民多逃于禅，与此有关。

逃禅：雪峰从来，疑个布衲

一入空门万事休，头发剃光了，顶着个秃瓢，是可以打掩护的，八大山人也就有些残喘功夫，得以修研佛禅，重拾绘事。八大山人在介冈灯社鹤林寺一待就是16年，当其师弘敏去奉新另建耕香院时，31岁的他做了介冈灯社住持，从学者百余众。八大山人在此作诗云："茫茫声息足林烟，犹似闻经意未眠。我与涛松俱一处，不知身在白湖边。"而台北"故宫博物院"所藏的八大山人最早存世作品——15开纸本《传綮写生册》即画于此。弘敏卒，八大山人又到奉新接掌了耕香院。在介冈灯社与耕香院做的都是和尚头目，外人眼里是高僧，而他的骨子里却是不得已。

既然八大山人出家是为了避祸，风头过了，自然是想还俗的。当他在奉新结识了一个叫裘琏的朋友时，肚子里就动了还俗心思。裘琏是八大山人的仰慕者，作过数首诗赠他，诗中有"个也逃禅者，漂泊昔王孙"之句。"王孙"的尾巴，是八大山人一直要藏着的，风声弱了，不禁又想露一点。49 岁时，眼看就是天命之年了，八大山人看着镜中的自己，已由一个昔日的仓皇少年而变为萧然老翁矣，不由心念一动，想把这副面貌立马喊停片刻，那时没有照相技术，也没有马克·吕布这样精心为艺术家拍肖像的大师，他只有请好友黄安平为他画了一幅全身像，权且留存。这就是我们今天能够看到的，收藏于青云谱八大山人纪念馆的镇馆之宝《个山小像》，也是八大山人仅存于世的根据其本人面目绘制的画像，不然我们绝对不知道八大山人长什么样。应该说他的画与他的相貌契合度还是很高的，犹如野老枯枝，精气神还在。尽管画中的八大山人不作僧人打扮，而是戴着斗笠，遮盖了光光的脑袋，身着宽袍，俨然林下散人一般。这身打扮，这幅画像，透露了 49 岁的八大山人的一个心思，他曾对友人饶宇朴说，他可能以后要像贯休、齐己和尚一样，不会专注于法事了，而会旁涉诗会书画了。贯休是唐代画僧，唐亡后，云游四方。八大山人以彼自喻，是打算要放弃佛门，回归俗世，求诸绘艺，娶妻生子也没准儿。研究者也一直认为八大山人虽为僧人，却一直没有放下尘心，没有放下性的，他还想生个儿子传宗接代，延续其一支王孙血脉。我的一位导演朋友就拍过一部八大山人的电影，让一生悲凉孤凄的八大山人狠狠地谈了一回恋爱。我去看片时，才发现文学顾问竟赫然打着我的名字。朋友问我对片子有啥看法，我说：构思够大胆，也算后世给八大山人他老人家的一种温暖的补偿吧。应该说，《个山小像》至今是我们走近八大山人的一扇重要之门，也是八大山人由僧界而返俗世的一道门。

前不久，八大山人纪念馆的朋友约我去喝茶画画，我要他再带我去看下《个山小像》，却已是复制品。虽然新建了一座真迹馆，高科技现代化设施，如临大敌一般，所展真迹寥寥，朋友说一阶段展一幅，目的还是让八大山人的珍贵原作得以长留下去。这也是八大山人在世时不可能想象得到的厚待。懂行的，看重其艺术；外行的，看重其价钱。

但当年的八大山人是铁定要还俗的，他自然不知道300年后有一座纪念馆在等他，政府不惜重金修建库房展厅，保安严密，蟊贼退避三舍。我的副馆长朋友隔三岔五带班值夜，为八大山人把门望风，乐此不疲，如同带刀侍卫。虽然八大山人的僧友饶宇朴甚为讶异，劝说八大山人佛事才是正途，绘事不过是旁骛，但是八大山人在画像上的四段自题，对劝说的僧友表明了自己的态度。其一写的是：雪峰从来，疑个布衲。当生不生，是杀不杀。至今道绝韶阳，何异石头路滑。这梢郎子，汝未遇人时，没偈滏。

进僧门，是迫不得已，出僧门已颇决然了。52 岁时，八大山人完全是个云游的画僧了，他可以一门心思去寻他的朋友裘琏谈诗论画，并结识裘琏做新昌县令的岳父胡亦堂，成了他的座上客。胡亦堂转临川知县，邀请八大山人参加他主办的梦川亭诗文盛会，八大山人是写了诗的。职业画僧的生活尽管少了空门的冷寂，多了应酬的表面热闹，可内心的悲苦与压抑仍然无法排遣。在临川胡亦堂府上为清客的两年间，八大山人的情绪日益消沉，并没有因为从寺院出来就找到了快乐，他的画笔也是苦涩多于轻快。忽一日，他突然大哭大笑起来，弄得人摸不着头脑。他扯下身上的袈裟，点火烧了起来，人拦也拦不住。他就这么一把眼泪，一把鼻涕，一会儿干号，一会儿狂笑，走回了南昌。他疯了，他癫了，没有人敢靠近他。当他破破烂烂、疯疯癫癫地出现在南昌街头时，没有谁知道他是昔日的王孙，只当是条可怜可嫌的徘徊于街头巷尾与垃圾堆的丧家狗。还是他的一位远房侄子认出了这个老叔，把他带回家门，清洗干净，悉心照料调养了一年多，才渐渐恢复正常。

还俗：重接地气，画艺渐成熟

八大山人病愈后，他爬了一回当时南昌最高的建筑——绳经塔。站在塔上，眺望着这座既熟悉而又陌生的古城，八大山人应是有万千感慨的，昨日的一切仿佛在一场病后都化作了前尘，而眼下的今生浮现在蒸腾嘈杂的市井间。他画下了《绳经塔远眺图》，开始署款“驴”，由一头佛门的秃驴，而变为俗世的一头得靠出卖力气而求活的驴。这次登塔之举，对八大山人而言，应该是他为自己举行的一个还俗仪式，是对离开临川自焚袈裟行为的一个延续。这是八大山人一生中的一个重要转折。人说不疯不成魔。八大山人疯了，一把火烧掉了袈裟，意味他彻底返回了俗世，豫章的街巷叩问了他的前世，又印证了他的今生。他的画笔在癫狂中仿佛上接了神灵，还俗后重返熟悉的家乡，让他接到了地气，使他的画找到了新的突破口，从56岁到60岁，他的艺术走向了成熟。他的画呈现了强烈的夸张变形，书法也变得狂放不羁，他的题款也由“驴”“驴屋”而至甲子年所作《花鸟对题册》的“八大山人”署款。

此时八大山人才开始了真正意义上的南昌俗世生活，他先是住在南昌西埠门，过着替人作画糊口的日子。又与城中北兰寺澹雪和尚挺谈得来，为北兰寺作壁画，时常借住于此。这段时间，他开始从自我封闭中走出来，与羽昭先生、舫居先生、澹雪和尚谈论径山竹子，画《芝兰清供图》《荷石图轴》，作草书《芦鸿诗册》。

在北兰寺，他和江西临江知府有了过从，相谈甚欢，同游了滕王阁。

南昌北兰寺当时就似南昌的一个艺术沙龙，八大山人通过这个场所接触到不少人，包括《八大山人传》的作者、客居南昌的邵长蘅。邵长蘅描写他所见的八大山人："山人面微赦，丰下而少髭。"他还真实描写了八大山人其时非常人的行径："一日，忽大书哑字署其门，自是对人不交一言，然善笑，而喜饮益甚。……醉则往往唏嘘泣下。"他甚至还像记者一样如实记录下了八大山人与他见面交谈时的一些奇怪细节，"辄作手语势，已乃索笔书几上相酬答"，活脱脱一个哑者形象，使人想到八大山人的哑巴父亲。这期间八大山人的作品偏情绪化，笔触简率而含蓄，画有现藏于哈佛大学沙可乐博物馆的《瓜月图》，细硬的线条勾一轮明月，一半被一只墨瓜遮挡了。又画现藏南昌的《鸟石轴》，用笔如剑戟，笔意急促而扁薄，两只丑鸟依偎一柱怪石。这都是八大山人内心的抒发。

此时，八大山人还与本地茶商兼山水画家罗牧（字饭牛）诗酒往来，接触到了江西巡抚宋荦。罗饭牛拉八大山人到巡抚府吃饭，八大山人心有不满，却还是去了。事后在写给画商方士琯的信中流露牢骚：“昨有贵人招饮饭牛老人与八大山人，山人已辞着履，老人宁无画几席耶？山人尊酒片肉之岁卒于此耶？遇老人为遗恨也不少，且莫为贵人道。”“贵人”指宋荦。这种交往与牵扯，倒使八大山人画出了那幅颇含讽刺意味的《孔雀图》，并题诗云：“孔雀名花雨竹屏，竹梢强半墨生成。如何了得论三耳，恰是逢春坐二更。”宋巡抚官署里养了两只孔雀，八大山人把它画得皮塌毛落，丑怪无比。长长的孔雀翎可以做清朝大员顶戴上的官翎，宋荦的顶戴是染有镇压反清复明人士的血的，他一上任，就武力平定了李美玉、袁大相叛乱，并将二人腰斩。但宋荦就喜好诗画，这使长袖善舞的茶商罗饭牛跟他打得火热，他知道老罗与八大山人交好，便托老罗向八大山人求画，八大山人正好把一肚子对宋荦的憎恶与不屑通过《孔雀图》画了出来。好在宋巡抚心中有数，画收下了，也不与八大山人计较，一直到今日都留了下来，藏在八大山人纪念馆里。若有缘，没准在真迹馆里还能碰见展出的原作。

八大山人在65岁以后达到了艺术创作的高度成熟期。他的许多重要作品，如《杂画册》《游鱼图轴》《松石图轴》《孤鸟图轴》《山水册》《双鸟图轴》《安晚册》《秋山图轴》《河上花图卷》《鹿石图轴》《花鸟册》《双鹰图轴》《椿鹿图轴》都是在这时期完成的。

安晚："寤歌草堂"，诗画入禅真

南昌的东湖畔，当时有个饮酒的去处，叫闲轩阁，八大山人曾应约赴酒。席间，一位酒友熊定国对八大山人说：东湖有新莲，西山有古松，这两样是我平素喜欢的静观之物，先生能否为我神似出？

所谓"神似出"，就是画出来。八大山人举酒一饮而尽，跃身而起，调墨，捉笔，在宣纸上且旋且舞，然后掷笔，一头扎入酒桌狂饮。人再看那画，但见奇松倚怪石，墨荷翩然尤鲜——其"胜不在花，在叶，叶叶生动”。熊定国不由得喝彩：果然神似出也！

八大山人69岁前后在南昌潮王洲搭盖了一所草房，他题名“寤歌草堂”，这是在八大山人80年的人生经历中在南昌有相对确切位置和名字的一所住址，也是他晚年安居之处。而在近些年有关研究者提供的八大山人生平研究成果中没有一项能证明他曾在青云谱道院隐居过，而且20世纪50年代一次因基建原因对道院中八大山人墓的开掘发现，这也是一座象征性的没有实物的衣冠冢。

看过现在花重金改建的八大山人纪念馆及八大山人广场后，再回头探寻当年八大山人的真实居所——寤歌草堂，那是真正简陋而寒酸的草堂，距当今一个不入流的画家的工作室差之何止千里，正如当今许多画家的水平与八大山人差之何止千里一样。当时有位叫叶舟的诗人在《过八大山人》一诗中对寤歌草堂做了真实的描述：“一室寤歌处，萧萧满席尘。蓬蒿丛户暗，诗画入禅真。遗世逃名志，残山剩水身。专门旧业在，零落种瓜人。”

可见八大山人晚年的凄凉。他去世的前三年，尚以77岁之身与南昌画家罗牧等12人在东湖边上的杏花楼组织了“东湖画会”，后来由这画会衍生出了个江西画派，领袖却不是八大山人，而是老罗——茶商罗饭牛。而那个诞生了“东湖画会”的杏花楼，历来是文人雅集之地，当初豫章宁王府曾聘过唐寅来这里授画，戏剧家汤显祖和吴应秋等人也在此结社唱和，20世纪20年代傅抱石和罗家大屋的小姐在这里举办了婚礼，现在此地划给了南昌画院。我偶尔去画院看朋友，喝喝茶，坐对杏花楼便会发好一阵子呆。

八大山人去世前一年，有手疾，抖得厉害，但还在写呀画的，直至1705年，留下了最后一篇《昼锦堂记》，才故去。至今南昌进贤尚有一座保存完好的昼锦坊在，却与八大山人毫无关联。

1904年，齐白石随其师王湘绮到南昌，目的是想寻找八大山人真迹。他落脚在王湘绮的南昌寓所，地毯式遍访了城里的书肆画廊，观看并摹写了不少八大山人的原作。白石老人晚年忆起那段南昌寻八大山人的事时曾说：“余四十一岁时，客南昌，于某旧家得见朱雪个小鸭子之真本，钩摹之。至七十五岁时，客旧京，忽一日失去，愁余，取此纸，心意追摹，因略似，记存之。”

八大山人出生至故去，从南昌弋阳王府到伏龙山洪崖，到进贤介冈灯社鹤林寺，至奉新耕香院，再到临川，又返南昌西埠门，后落脚北兰寺，定居寤歌草堂，这期间他在江西境内有过游历，但似乎足迹没有出过省境，外省却有同道途经南昌来拜访过他的。扬州石涛曾托李松庵求他画《大涤草堂图》，并称赞这位同时代画家“书法画法前人前”“眼高百代古无比”。尽管时间在北兰寺的墙壁上生了“老年斑”，八大山人的山水在夕阳的余晖里变残，时至今日南昌城的西埠门和北兰寺已荡然无存，我还是一再念叨着“寤歌草堂”。

我想在今天的南昌是有必要来为八大山人重修一座寤歌草堂的，虽然潮王洲已变成了朝阳新区，但八大山人在他的故乡还是应该有一座故居来为他安魂的！

跟着八大山人捡脚印，是一条寻真之路，他的脚印是水墨的足迹，里面藏着大师，其必然通往和抵达的是寤歌草堂。

（2016 年 11 月 3 日）

遥望华西坝

——岱峻打造了一副双筒望远镜

杨早

我答应为岱峻老师的新书《弦诵复骊歌》写一篇文章，主要原因有三：

一、成都华西坝是抗战时期与昆明齐名的学术、教育中心，遗泽成都甚丰，但由于种种原因，声名不彰，今日之成都人亦知之甚少。我作为曾经的成都人，少不得要擅自代表，说一句“抱愧华西”，帮忙宣扬一下华西坝，理固宜然。

二、岱峻老师穷十余年之功，研究华西坝五大学，因为家祖父、祖母都是华西坝金陵大学农学院的毕业生，故岱峻先生多次通过金大校友会等渠道联系家祖父，《风过华西坝》《弦诵复骊歌》中均有家祖父提供的照片、回忆片段。反过来说，岱峻这两本书，也帮我们这些后辈理解了祖父祖母的成长岁月。

三、2012年商务印书馆编辑刘雁提出要找人写抗战后方的书籍，是我将岱峻介绍给她的。这份因缘终于在五年后结出硕果。忝为“中介”，我也有义务写一写此书。

正好7月有机会回成都，于是踏访，对谈，磋磨出了以下这些文字。

7月炎夏。成都。

请《弦诵复骊歌》的作者岱峻老师带我游一游华西

坝，那个抗战时期“教会五大学”麇集弦歌的所在。

华西坝紧邻锦江南岸，在成都的中心区域。家母是成都人，我少时在成都读过两年书，对这一带并不陌生。喏，华西医院，我曾多次来此探病姨妈；小天竺路，初三时我曾无数次骑车从那里经过，去找气象学院的发小玩耍；当时还在葛园的成都棋院，我也去那儿上过暑期班；更不要说滨江公园的茶馆……30 年变化虽大，基本的格局还是清楚的。

但当年的我却万万没有意识到，这块场域下埋藏着这样的一段历史……

从老城图上可以看出，1958 年，“参照巴黎凯旋门前香榭丽舍大街的标准和规模”的人民南路开建，霸气十足地将华西坝一分为二。自那以后，想体会昔年华西坝浑然一体的校园氛围已无可能。

连当年的校门也从锦江边被移位到了人民南路的道旁，算是纪念，也像一个隐喻。

就像 1910 年建校的“华西协合大学”，其 42 年的校史只能寄存在《四川大学校史》之中。

俗语云："在人矮檐下，不得不低头。"华西坝如今属于四川大学分校区，不少建筑物虽然标上了"成都市文物建筑、华西坝老建筑"的铭牌，但说明总是语焉不详，如"第二教学楼""第六教学楼"，让人与史料中的懿德堂、明德楼对不上号。

难得懋德堂前面立了一块木牌，上面写明这里是：

> 第七批全国重点文物保护单位，原华西协合大学图书馆及博物馆，由美国赖孟德氏为纪念其子，1926年竣工。图书馆馆藏方志曾为全国之首。博物馆首任馆长葛维汉曾率馆员林名均等首次发掘三星堆遗址。1951年馆藏古物达三万多件，被誉为"西南博物馆之冠"。

所以，馆藏量列全国高校博物馆第一的四川大学博物馆，初访四川必去，有可能改写中华文明史的三星堆遗迹就是发端于此。

岱峻老师说："华西坝及其周围的这些解说词都是

我写的，那是成都市文化局在全市启动的一项文化工程。”

可是，这块木牌立在懋德堂前的花园中，无论是谁，要么使用望远镜，要么只能像我一样，顶着践踏花草的不文明罪名，跳进园圃里，才有可能看清这块牌牌上写了些啥。

这里也很像一个隐喻。对于这段历史，可以讲述，可以远观，但要凑近看看，需要突破一道篱墙，或者借助一副望远的仪器。

我认为，岱峻老师出版于2013年的《风过华西坝》与今年商务印书馆出版的《弦诵复骊歌》就是这副望远镜的两只镜筒。

华西坝与教会大学因为抗日战争而进入公众眼帘。

1995年，纪念抗战胜利50周年，华西坝标志之一的钟楼旁的桂竹园内，竖了一座纪念碑。五大学在蓉校友100多人参加了揭碑仪式。碑文曰：

抗日战争时期联合办学纪念碑

一九三七年秋，抗日战事起。齐鲁大学、金陵大学、金陵女子文理学院、燕京大学、中央大学医学院等校先后迁蓉，依托华西协合大学校舍设备联合办学。华西坝上，钟楼荷池绿茵老柳，风景如画。学者名流云集，四方学子咸至。虽国难深重而弦歌不绝，成一时之盛。八年中，各校破畛域，克困难，合作无间，为国育人，业绩卓著。师生枵腹从公，发愤求学，并开展爱国救亡与爱国民主活动，影响深远，特立此碑以为纪念。

一九九五年十月六日立

抗日战争期中华西协合大学学生刘国武书

正如岱峻在《风过华西坝》中所说："碑文似过于含蓄，落款也只有撰文者与书写者名字，缺失树碑的主导者、承建人。这种疏失，或许藏有隐情？"

隐情自然是有的。1946 年 6 月，华西坝除华西协合大学之外的四大学即将复员北归，四校主事者共同草拟了一篇碑文，真实地交代了被当时四川省教育厅厅长郭有守称为“BIG FIVE”的华西坝五大学之由来：

> 抗战军兴，全国移动。华西协合大学张校长凌高博士虑敌摧残我教育，奴化我青年，因驰书基督教各友校迁蓉，毋使弦歌中辍。其卓识宏谋固已超出寻常，使人感激而景仰之矣。既而金陵女子文理学院、金陵齐鲁两大学均先后莅止，而燕京大学亦于太平洋战起被迫解散，旋即复校成都，于是有华西坝五大学之称。

碑文指出：“华西协合大学之校舍、图书馆及一切科学设备亦无不与四大学共之。甚至事无大小，均由五大学公议公决，而不以主客悬殊，强人就我。即学术研究亦公诸同人，而不以自秘，此尤人所难能。若持之以恒，八年如一日，则难之又难者也。”这种局面产生的效果，若说令各大学弦歌不辍，战时高等教育得以维持，“此犹小焉者也”，更重要的是，“教会大学之合作即以五大学发其端，此则前所未有之创举，而今乃见之颠沛流离之际，岂不感哉！”

从形式上说，在国民政府“收回教权”的要求下，从1927年到1932年，中国的教会大学大都已经完成了向私立大学的转变。不过无论是时人称呼，还是各校自认，仍以“教会大学”呼之，这不是没有道理的。虽然各校的理事会都是中国人占优势，校长也都是中国人担任，但立校的物质基础仍然掌握在西方差会手中。1936年，全国13所基督教教会大学的托事部合并为“中国基督教大学联合部”，在美英两国各设总办事处，对在华的基督教教会大学实行统一调配、统一领导和统一财务管理。正是在这样的背景下，基督教五大学在华西坝的紧密合作，持之以恒，才有实现的可能。

中国现代大学的发展脉络大致可以分为三条：一是完全国立，自始至终由国家力量建立的大学，如1898年的京师大学堂；二是由各地的学堂、书院等公私学校发展扩充建立的公立或私立大学，包括清华学堂从留美预备学堂转变为国立大学，亦属此例；三即教会大学，是在清末以来的教会学校体系内部发展起来的。在1937年之前，前两条脉络的公立或私立大学已基本整合成型，而教会大学亦获得长足的发展，与国立或华资私立大学形成分庭抗礼之势。曾流传的北平女生择偶口诀“北大老，师大穷，唯有清华燕京可通融”，可以反映出这种相埒的形势。

有人问岱峻，既非教会信徒，又不是五大学的学生后辈，为什么要投入这么多的精力与时间来研究华西坝的往事？

岱峻说：“40多年前我当知青，下乡第二天一大早就跑上我们生产队最高的山顶，想看看山那边的世界是什么样子的。前些年退休后，我每年都会安排一次出境游，想看一下人类文明产生的重要节点，比如两河文明、埃及文明、希腊文明、印度文明等。这一目标，有生之年不知能否完全实现。但仅就有限的几次外出观感，认识到人类之间相似性大于差异性，不同肤色、不同地域、不同语言的人所面临的问题，很多是共同的。文明之间的差异和冲突正是来源于文明的交流融合，没有交流就不会有对立，就像人类童年老死不相往来的部落时代。习主席多次说过：‘太平洋足够大，容得下中美两国。’这不单是指地理空间，也是指心理空间。”

就是这种对“文明之间的相似与差异”的好奇，让岱峻从对李庄中研院史语所、社会所、中博院、营造学社、同济大学抗战岁月的研究（《发现李庄》《李济传》《民国衣冠》），转向了对华西坝五大学的往事探访。匆匆十七载，最初访谈照片上的黑发壮年，已变成了如今的满头霜染。

推算起来，岱峻跨入五大学研究领域的2003年前后，正是对民国知识界渐议渐热、西南联大神话方兴未艾之时，他作战时教育“另一个中心”的研究，必然要回答的问题是：“华西坝五大学与以西南联大为代表的国立大学异同何在？”

岱峻认为，两者最大的不同在于生源、办学资金与办学环境。教会大学的生源多半是经济条件比较好的家庭，教会大学的教育经费有相当份额是西方差会拨付的教友捐款，较之西南联大远为稳定，而成都虽亦遭敌机轰炸，但华西协合大学的基础建筑俱在，较之西南联大要在昆明乃至蒙自新建校舍宿房，不可同日而语，所谓“联大无广厦有大师，坝上有广厦有大师”。

这几点综合起来，造成两个教育中心“关注当下”与“注重长远”的区别。这种概括或许未必全面，但华西坝有西南联大没有的医学院与农学院，确乎是它鲜明的教育特色。在华西坝的学生中，产生了“梅花院士”陈俊愉，“园林院士”程世抚、汪菊渊等人，“这些都不可能是西南联大培养的目标”，还有华西协合大学的牙医学，“当时天花还没有战胜，肺结核还是绝症，一般人哪会看重牙医？”但在华西诞生了中国最好的牙科，蒋介石要去华西镶牙，日后贺龙进了成都，也要来华西补几年前堕马跌松的前牙。

岱峻说，华西坝五大学各有各的特色：华西协合大学有远东最好的牙医学（现在四川大学华西口腔医学院还是中国顶尖级别）；金陵大学的农学院是金字招牌，有卜凯与赛珍珠携手开创的农业经济技术学派；燕京大学有培养“大公报四杰”刘克林、唐振常、严庆澍（唐人）、谭文瑞的“远东最好的新闻系”；齐鲁大学引以为豪的是先后由顾颉刚、钱穆主持的国学研究所；金陵女子文理学院校长吴贻芳是在《联合国成立宣言》上签名的第一位女性，她办学的成就在于培养“有基督教精神的女性领袖”，家政系与社会学系，都博得时人盛赞。

岱峻自述从《风过华西坝》到《弦诵复骊歌》的变化：前者是一种全景式的扫描，叙述集中于全民族抗战的人事，而组成《弦诵复骊歌》的十篇文章（有一篇因故未刊书中），是“选取一个人或事件，进行深入的挖掘”，像一出出折子戏，写来更得心应手，也更为流畅易读。

十篇文章中，岱峻说自己最有寄托与感怀的，是《文章报国披肝胆　笔削褒贬著春秋——记燕大新闻系暨大公报四杰》。盖因作者本身有几十年的新闻经历，颇有感“大公报四杰”怀抱进步理想，又秉持燕大“因真理，得自由，以服务”的校训，在新闻实践中每每奏响刺向专制政权的最强音。在新中国成立之后，他们不免会碰到过往新闻理念与时下宣传纪律的冲突。“这是唐振常的矛盾，也是我的矛盾”，岱峻说。

去成都之前，与岱峻老师伉俪（夫人冯志是其学术助手）、《弦诵复骊歌》责编孙祎萌一起在微信群里讨论：在成都的新书对谈活动，应该起一个什么样的主题？

最后定下的主题是“华西客与成都人”。

1937 年开始的全民族抗战，是中国大学发展的拐点。原来集中于北平与东南沿海的高校群，因为战争的原因内迁，落脚在昆明、蒙自、成都、重庆、宜宾、乐山、汉中、遵义……这些地方本来并非教育中心，却因缘际会获得了战前不可想象的教育与学术资源。高校内迁，打破了中国本来教育不均衡的状况。

“华西客与成都人”这个主题的意思是指，四所教会大学因抗战之故，内迁来蓉，向华西协合大学商借校舍，在这里复校，继续办大学，他们是华西坝的客人。但在长达八年的时间内，随着这些大学师生对藏地等边疆的研究、生物资源的引入与改良、农业周边调查等领域的介入与支持，他们对战时成都以及四川乃至中国的各项事业做出了贡献。他们已经变成了成都人。

比如西藏，民国初年因英国的觊觎与藏区的叛乱，方引起内地注意。1922 年，华西协合大学的一批基督教学者成立华西边疆研究学会，组织多次对藏羌秘境的考察。“抗战军兴，大后方成都成为边疆研究的热土。迁到此地的燕大、金大、金陵女子文理学院、齐大与本土的华大，有一大批受过西方学术训练、有志于边疆研究的中国学者，如生物学家刘承钊、考古学家冯汉骥、地理学家刘恩兰、语言学家李方桂等；政府、学校及社会团体组织的边疆考察活动也丰富多彩，层出不穷。”（《弦诵复骊歌》第 112 页）

像毕业于燕京大学、留学美国加利福尼亚大学的河北人李安宅，本是燕京大学社会学系副教授，被华西协合大学聘为教授，主持社会学系，建立了华西边疆研究所，两年后即成为“一切边疆研究机关中消费最少而收获最大之单位”。李安宅还为社会学系与边研所聘来了本地学者任乃强。任乃强在李安宅赴美国耶鲁大学访学后，在成都成立“康藏研究社”，树起了四川边疆研究的另一面旗帜。李安宅夫妇、任乃强后来都为解放军进藏提供了相当关键的信息与对策支持。李安宅还在昌都创办了西藏的第一所小学。

美国人卜凯毕业于康奈尔大学的农学院，与胡适、赵元任都是校友，1915年毕业后来到中国，在康奈尔大学的姊妹学校金陵大学任教。1917年，卜凯与传教士之女赛珍珠结婚。夫妇俩共同投入对中国各地的农业经济调查。尤其在金陵大学徐澄、乔启明、崔毓俊等学生毕业留校后，师生耗费八年时间，完成了7省17个地区2866户农家调查，据此撰成《中国农家经济》一书。赛珍珠根据在中国农村的调查，写出的小说《大地》获得了普利策奖与诺贝尔文学奖。

金陵大学南迁后，卜凯仍然主持农业经济系的调查研究。他已经和另一位金陵大学教授芮陶庵一样，成为本想改变东方，却发现自己已然是“一个被改变的人”。芮陶庵曾经向陕甘宁边区运送一批医疗器械和药品，成为美国长老会中唯一去过延安的人。卜凯“科学理论不分国界，对任何人皆可适用”的观点，也曾在1944年获得《新华日报》的褒奖。芮陶庵留在香港，参与香港中文大学前身之一崇基学院的创建，被称为“西儒”；长子芮效卫后来费数十年之功译成足本《金瓶梅》，次子芮效俭当过美国驻华大使。

我的祖父杨汝纶1937年随在国民政府交通部工作的曾祖父西迁重庆，1938年毕业于迁至万县郊区的金陵大学附中，本拟报考燕京大学新闻系，因为成绩优秀，被保送金陵大学农业经济系。他在华西坝认识了低一级的园艺系同学陈砚君，那是我的祖母。1941年，他参加系里组织的农村调查，后来选定了毕业论文题目“四川华阳县水稻、小麦、玉米、红薯四种作物生产成本的研究”，指导教师正是卜凯。

据岱峻说，比我祖父晚两届的社会学系学生谢道炉（谢韬）1944年的日记《一盆红红的火》中写道：当时的教会大学，神学课改为选修，学生自愿行礼拜。我也问过祖父：从教会大学的附中读到本校，要不要读《圣经》、上神学课？祖父回答：这个随个人意愿。从父亲一辈到我这一辈，从来没有见过祖父母有什么宗教举动，或流露什么宗教思想，倒是金陵大学农学院深入农村的调研经验与扎实态度，伴随了他们的一生。

那天，我站在华西协合大学校门原址所在的锦江南岸，远望老南门大桥，遥想祖父讲的故事："一个星期日上午，她（我祖母）骑自行车从老南门大桥下桥时与一部人力车猛烈相撞，摔得头破血流，旗袍染红，我闻讯急送医院抢救，并日夜护理，从此我们建立了恋爱关系。"

自行车，成都人叫"洋马儿"，也是由教会大学首先带入西南的。祖母，一个来自川南小县的富家小姐，想必也是到成都上学后才学会骑这舶来工具的吧？车技不熟练，难怪发生车祸……

只有此刻，站在校门外，我才能想象这个消息是怎样传回校内，祖父以什么方法从校内宿舍赶往事故地点，又是怎样送祖母去医院的……只有在走过华西坝之后，这段爱情故事才突然变得如此真实，足资想象。

一个下江男生与一名四川女子，因为抗战的原因相会于同一所教会大学，毕业后也去过南京、上海，最后都留在了四川，为四川服务了一辈子。我父亲在四川长大、求学、成家、立业，离开四川去广东近20年，退休后又回到成都。

时代、地域与家族、个人的命运如此交织在一起，似乎也能够构成一个隐喻。那曾在华西坝上携手并肩的五所大学，数千师生，继承了什么，创造了什么，又留下了什么，哪里是一两本书能说得清楚，辨得明白的？

但岱峻的这两本书，至少给了我们一副望远镜，让人能够遥望昔年的风华与歌哭。对这位曾经的新闻人、历史的研究者，我心中满是敬意。

（2017年8月17日）

过河看影戏

——上海北四川路与中国电影发轫

徐　明

如果说上海是中国电影梦开始的地方，那么北四川路就是造梦的摇篮。

1897 年，电影漂洋过海来到上海，走进北四川路附近的礼查饭店（今浦江饭店），中国的第一次电影放映由此实现。

1908年，北四川路旁的乍浦路上，“虹口活动影戏园”开门迎客，中国的第一家电影院宣告问世。

20世纪上半叶，北四川路一带先后拥有32家电影院、46家电影公司，占据了上海影业的半壁江山。过河看影戏，成为上海市民的时尚潮流。

《字林西报》的广告和礼查饭店的银幕

1897年5月22日，一个礼拜六的夜晚，地处黄浦江苏州河交汇处、花园桥北堍的礼查饭店，人来车往，好不热闹。不过这一天，许多来客似乎并没有打算住宿或用餐，进了大堂就直奔阿斯脱厅（Astor Hall）。在这个富丽堂皇的大厅里，一台从未公开展示过的机器稳稳地立在中间，正前方墙上悬着一块白布，在它的四周，一排排座椅依次展开。欢快轻柔的夜曲弥漫在大厅的每一个角落，兴奋好奇的神情写在每一位客人的脸上。

晚上9点整，服务生将阿斯脱厅的大门轻轻掩上，室内的灯光暗了下来，客人们或坐或站，但无一例外，全都屏息凝神。黑暗中，只听“啪”的一声，大厅中间的神秘机器突然射出一束炫目的光，打亮了前方的白布。这一瞬间，无数双眼睛都睁大了。

120年前礼查饭店的这一瞬间，早已随着时光的流逝走入历史。然而，倘若告诉你，礼查饭店点亮的白布是中国的第一块电影银幕，你会不会像阿斯脱厅里的客人一样睁大眼睛？

没错，两个甲子前那个初夏的夜晚，在礼查饭店阿斯脱厅所发生的，正是中国的第一次电影放映。从这一天起，中国电影开始了跨越三个世纪的梦幻之旅。

不过，且慢，好像以往的中国电影史可不是这么说的！在许多电影史家的描述中，1896年（清光绪二十二年）8月11日，上海徐园“又一村”放映“西洋影戏”，是中国第一次电影放映（参见程季华主编《中国电影发展史》）。这是怎么回事呢？

其实，电影旧称“影戏”是没错的，但是被称为“影戏”的，倒不见得都是电影。据考证，“影戏”最早指的是咱们中国祖传的皮影戏。到了晚清，幻灯和电影相继走入中国，为了便于区分，我国人民便将幻灯称为“外国影戏”“西洋影戏”，电影则称为“电光影戏”或“机器电光影戏”（黄德泉《电影初到上海考》）。按此推论，徐园的“西洋影戏”，实为幻灯，而非电影。

实际上，早在一个礼拜前，公共租界的英文报纸《字林西报》已经登了广告（这应该也是有史可查的中国最早的电影放映广告），介绍和宣传这种名为ANIMATOSCOPE、由美国爱迪生公司出品的神奇机器。然而，1897 年 5 月 22 日晚上来到礼查饭店阿斯脱厅的客人仍然被震惊了。画面是黑白的，不算特别清晰，甚至还有点卡，但无论是正在巴黎访问的沙皇、队列行进中的不列颠士兵、海德公园里的自行车手，还是沙滩上的海浪、威尼斯的冈朵拉、蛇形舞者……任何投射在银幕上的人物、车辆、景观都如同真实世界中那样连贯地运动和变化，几乎让人怀疑这是不是真的。这真是一种令人震撼的视觉体验！

为了能在第一时间体验这种震撼，客人们每人要花1美元才能入场。坐票更贵，1.5美元。这个票价贵到什么程度？我们做个对比：1896年8月10日徐园在上海《申报》刊登广告，用“文虎候教”“西洋影戏客串戏法”“定造新样奇巧电光焰火”以及“秦淮画舫、水漫金山、蛤蝉斗法、火字银花、玉堂富贵、鳌鱼化龙、哪吒斗宝、五彩莲灯”招徕观众游客，“游资每位两角”。

从巨贵的价格，我们完全可以想象，中国第一次电影放映的组织者，对ANIMATOSCOPE这一前所未见的新事物怀着何等自信。十里洋场上海滩，只要够新、够奇、够水准，就不怕没人捧场买单。这一点，也是中国第一次电影放映与礼查饭店结缘的重要原因。

礼查饭店始建于1846年上海开埠三年后，由英国商人阿斯托豪夫·礼查创办，原址在今天的金陵东路外滩附近，是中国第一家西商饭店。1856年，位于苏州河口的韦尔斯桥（今外白渡桥前身）建成。礼查看好苏州河北虹口的发展前景，便于次年以十分低廉的价格买下韦尔斯桥北堍一块河滩地，建造了一幢2层砖木结构、东印度风格的新大楼，将礼查饭店迁至此处。此后至20世纪初，礼查饭店不仅是上海最豪华的大饭店，也是中国最早接受煤气、电灯、电梯、自来水等现代化新事物的地方。同时，礼查饭店还开设酒吧、舞厅、弹子房、扑克室等娱乐场所，成为当时上海上层人士开展社交、娱乐和文化交流活动的重要场所。

不过，今天我们已经看不到120年前的那个礼查了。1906年，为了给外白渡桥让地，礼查饭店拆除旧楼，在原址重建总高5层、砖木结构、建筑面积约8100平方米的新楼。为进一步提升竞争优势，紧接着又在该楼前面再造一座钢筋混凝土和砖木混合结构、建筑面积约1.5万平方米的6层豪华大楼。1910年竣工的新大楼采用新古典主义风格，灰色外墙，拥有繁复的弧形拱窗、成排的艾奥尼亚立柱和维多利亚式的中庭和回廊，并且24小时供应热水。1959年，礼查饭店更名为浦江饭店。1990年，上海证券交易所在浦江饭店一楼大厅挂牌成立。

然而，不管名称和身份如何演变，对于所有喜爱电影的人们而言，老礼查饭店是点亮中国第一块电影银幕的地方，是中国电影真正的发轫之地。

乍浦路的滑冰场和雷玛斯的“铁房子”

进入 20 世纪，随着技术的改进、片源的增多，在上海经营电影放映的商人也越来越多。这一时期，上海电影业有几个特点还蛮有意思的。

第一，电影放映经营商几乎清一色老外。其中，尤以来自美国和欧洲英国、法国、西班牙等国的放映商最为活跃。这可能与放映设备和片源多来自欧美有关，也可能与早期电影观众多为上海租界里的外国人和电影放映需要一定的专业技术基础有关。

第二，电影放映方式基本是流动放映。与第一次电影放映选择礼查饭店这样的豪华大饭店不同的是，后续的电影放映多选择戏园、茶园，如四马路上的青莲阁、静安的张园（又名味莼园）、闸北的徐园，以及天华茶园、同庆茶园等，都是三天两头打广告放电影。在这些地方，电影还不是主角，仍然是招徕顾客的噱头和附赠品。对游客和茶客而言，游园、品茶时顺便看看外国电光影戏，倒也不失为愉快的消遣。

第三，电影票价一路走低。1897 年 5 月 30 日上海《新闻报》刊登“活小照”广告称，“新到爱泥每太司谷浦（即 ANIMATOSCOPE），以前在礼查演做……择期五月初五日，借张园安垲地大洋房内演舞，计价每位洋一元”。而到了 1898 年 7 月，徐园的广告中也陆续出现了“美国新到活动电光戏”“留声电光戏”“英法行动影戏”，票价则分别是二角、四角、八角，堪称经济实惠。随着观影成本的降低，电影也从有钱人才消费得起的高端娱乐，逐渐变成大众娱乐，走入寻常市民的文化生活。

在上海众多“跑码头”的电影放映商里，一个叫安东尼奥·雷玛斯的西班牙人，凭着精明的头脑和务实的经营逐渐脱颖而出。此人涉足电影业，始于从同乡加仑白克手里接收的一台二手的电影放映机和几部老旧的片子。但他在经营上的高明之处在于，舍得花钱租好的片源，并且善于宣传造势，“雇了几个印度人拿着铜鼓和洋喇叭，每天在福州路升平茶楼大吹大擂地闹着，对于看客们每人收钱三十文”（《上海研究资料续编》，上海书店出版社 1984 年版）。短短四五年间，雷玛斯已经小有积蓄，完成了资本的原始积累，开始寻找新的机会。

机会总是留给有准备的人。对雷玛斯来说，这话真是一点不错。他敏锐地观察到，电影问世十余年后，国外开始出现相对固定的室内电影放映场所。相比于原先的露天放映和流动放映，固定放映固然要承担一定的经营风险，但是可以为观众创造更舒适、更安全的观影环境，从长远来看，是有利于经营的。

在上海，19 世纪下半叶，苏州河南岸的公共租界中区人口密集，商业繁华，已经有相当的发展。但苏州河北的虹口地区，也就是公共租界北区，仍相对冷清。进入新世纪后，城市的面貌又出现了一些新变化。其中，尤以 20 世纪初越界筑路、1907 年外白渡桥建成、

1908年有轨电车通车这几件事引人注目。

自上海开埠以来，历经数十年发展，公共租界和法租界越来越繁华，但同时也越来越拥挤，租界当局便主导推动越界筑路，虹口方向最重要的一条路便是北四川路，从海宁路一直延伸到虹口公园（今鲁迅公园），使原本仅有约3000亩土地的公共租界北区一下子获得了新的发展空间。同时，市政交通设施也在不断发展改进。苏州河上从原先仅有摆渡发展到桥闸，从木桥发展到钢桥，路面越修越宽，承重越来越强，为人力、畜力交通向机械、电气动力交通发展奠定了基础。1908年，英商电车公司从静安寺到外滩的第一条有轨电车线路通车，引起的轰动一点不亚于现在的地铁通车。就在当年，始发于静安寺的1路电车跨过外白渡桥，沿着北四川路，经过租界和越界筑路区域，终点站就在虹口公园。

几乎没有任何犹豫，雷玛斯出手了。他花了一点钱，把乍浦路上自己曾经租用来放电影的露天滑冰场买了下来。然后，他又花了一点钱，用铅铁皮把溜冰场盖了起来，变成一座封闭的可容纳250名观众的影戏园，取名“虹口活动影戏园”。尽管这座建筑十分简陋，冬冷夏热，周边的市民干脆把它叫作“铁房子”，但丝毫不妨碍它成为中国的第一座电影院并在中国电影史上占有极其重要的一席。

为了这座电影院，雷玛斯究竟花了多少钱？实话实说，不可考。不过，根据目前可以查到的资料，应该真的只是“一点钱”，因为乍浦路的地价实在是太便宜了！1903年，公共租界中区即原英租界的地价每亩公估为13549两，而北区即原美租界虹口地区的地价每亩公估为4819两，后者不过是前者的三分之一多一点。当然，随着城市的发展，公共租界北区的地价也在逐年攀升，但与中区的价格比值，却始终没有太大的变化。

而且，随着租界当局越界筑路和有轨电车的通行，原先像城乡接合部一样的北四川路周边盖了许多新房子，相对便宜的地价和房价吸引了许多来自江浙、广东的移民和日本的侨民。根据租界工部局的统计，1900

年，公共租界中区人口为 13.23 万人，北区人口为 9.04 万人；到 1930 年，中区人口微幅增长至 13.29 万人，而北区人口已经猛增近一倍，达到 17.41 万人。人口的大量增加，使得北四川路周边的商业迅速繁荣起来，成为继南京路、霞飞路之后上海又一条著名的商业街、文化街。

从这一点，就足以看出雷玛斯的精明和远见了。1909 年，他又紧锣密鼓地在海宁路上开办了自己的第二家电影院——维多利亚活动影戏园，这也是上海的第二家影院。和乍浦路上的“铁房子”相比，这家影院可以说是鸟枪换炮：共设置 750 个座位，装饰豪华，内设酒吧。到了 1918 年，为了与周边新建影院抗衡，雷玛斯把虹口活动影戏园的铁皮房拆了，邀请著名建筑师邬达克设计，在距原址不远处的乍浦路海宁路口建成钢筋混凝土砖木拱形结构的新影院，座位增加到 710 个，门面 2 层，增辟观众休息室、会客室，并安装暖气设备。次年，新影院正式定名为“虹口大戏院”。此后，雷玛斯陆续创办“夏令配克”“万国”“卡德”“恩派亚”等影院，并组建“雷玛斯游艺公司”，成为上海滩影业大亨。

1930 年前后，雷玛斯将自己的影院全部转让，带着经营影业多年积攒的财富离开上海，回到家乡。令人扼腕的是，由他创办的中国第一座电影院——虹口大戏院，在 1998 年海宁路拓宽工程中被拆除。

名盛一时的“影院街”和形形色色的“电影迷”

在雷玛斯的示范影响下，从 1908 年到 1918 年，短短十年间，北四川路一带相继出现了“爱普庐”“幻梳”“爱伦”等 8 家影院，形成聚合效应。至 1937 年全民族抗战爆发，上海的 60 家影院中，竟然有 32 家开办在北四川路周边，北四川路成为一条名副其实的“影院街”。

这么多的影院，尽管定位不同，票价各异，但在激烈的市场竞争中都有自己的绝活，敢于尝试新事物。

1914 年，由蜡盘配音的原始有声电影引进中国，在礼查饭店试映两天后，在维多利亚影戏院正式公映，轰动一时。

1917年，由广东人曾焕堂创立的、第一家由中国人开办的影院——上海大戏院，在北四川路虬江路建成营业。1933年，上海大戏院首次公映苏联电影《生路》，开创了中苏复交后放映苏联电影的先河。

1925年，奥迪安大戏院建成，上下两层看台，冬天有暖气，夏天有风扇，还安装了通风设备，豪华一流的设施引来无数观众，被誉为“东方第一剧场”。

1926年，片上发声的有声电影在美国面世，仅仅4个月后，百星大戏院即从美国运来有声电影播放设备，在新中央大戏院（原维多利亚影戏院）试映两天后，又在百星大戏院连续公映6天。这是中国第一次放映真正的有声电影。

北四川路上的影院，渐渐取代茶楼、戏园，成为人们心目中现代摩登的都市娱乐和消费方式，融入老百姓的日常生活，悄悄地改变着人们的生活和娱乐方式。

《七十二家房客》的导演王为一在自传中回忆年轻

时在虹口的观影经历，有趣得很：

影片中这位蒙面大侠骑摩托车出场时，就有观众自动地用口技为他配上摩托声，也有人配上喇叭声，技巧都相当高。假若大侠骑马奔驰，观众即配上马蹄声，或远或近，配得很真切。假若群马追逐，则观众座中响起一片马蹄声，此起彼伏，沸沸扬扬，十分热闹。遇到大侠和恶徒开打时，全场观众就脚踩地板发出巨响以示助威。大侠取胜时，群众就鼓掌欢呼。恶徒窜逃时，群众就用苏州话和广东话恶声臭骂。

随着影院的普及，越来越多的中下层市民开始成为电影市场的主要消费人群，成为电影迷。李天纲在《人文上海——市民的空间》中对此有所描述：

在虹口、闸北、杨树浦的丝厂、纱厂小姐妹和家庭妇女，是明星们的热衷者。她们周末凑钱到虹口看电影、看戏，平时在宿舍里模仿、练习，有钱的话还穿明星服装，理明星头发，到后台给明星送花。

随着“影院街”名声日隆，许多居住在公共租界和法租界的市民，也特地坐电车过河去虹口看影戏，以至于很多上海人说“到虹口去”就表示“看影戏去”。甚至有人说，“谈上海生活的人，如果没有在北四川路上用过钱，看过影戏，喝过咖啡，未免是美中的不足”。

横浜桥头的电影厂和石库门里的大明星

北四川路便利的交通、低廉的地价和相对优越的经商环境，不仅为影院创造了发展的空间，也为众多影厂提供了生存的土壤，使这一地区成为早期上海电影制片业的核心区域。从20世纪初至全民族抗战爆发，北四川路周边共开办了46家中外电影公司，其中的38家成立于19世纪20年代。这些公司多集中于北四川路横浜桥周边，或从事影片制作，或专注电影发行，中西交融，各具特色，极大地促进了中国电影事业的繁荣。

从创办时间来看，最早设立电影厂的是创办于1897年的商务印书馆。1917年，位于北四川路附近宝山路上的商务印刷所照相制版部开始兼营影戏拍摄业务。第二年，商务活动影戏部正式成立。与商务印书馆“以扶助教育为己任”的宗旨一脉相承，活动影戏部主要拍摄时事、教育、风景、戏剧等短片。梅兰芳早年执导并主演的作品《春香闹学》，即由商务活动影戏部摄制出品。

成立于1920年的上海影戏公司也非常有特色。这家公司由著名画家但杜宇创办，1924年迁至虹口虬江路。两年后，但杜宇和公司头号女明星殷明珠结婚，而后者向来以作风西化大胆而知名，有F·F（Foreign Fashion，西洋时尚）之美誉。1927年上映的《盘丝洞》，改编自中国古典文学名著《西游记》，由但杜宇执导，殷明珠主演。影片的角色造型和技术运用充满想象力，更有蜘蛛精裸浴的大胆场景，一时间颇为轰动。2013年，有人在遥远的挪威发现了这部在国内佚失多年的影片的拷贝，令人惊叹的同时，也让人们对当年中国电影的创作水准、市场意识和国际影响力刮目相看。

当然，讲到影响力，北四川路上的诸多电影公司里，最具市场影响力的还是横浜桥边由邵氏兄弟创办的天一影片公司。天一成立于1925年，公司拍摄的第一部影片是《立地成佛》。此后，又陆续拍摄《梁祝痛史》《义妖白蛇传》等古装片，在商业上大获成功。1931年，天一拍摄了中国最早的片上发声电影《歌场春色》。自公司起步至1937年迁往香港，十余年间共摄制100多部影片，在通俗电影和有声电影创作方面做出重要贡献。

不过，天一的影响力，不仅在于作品本身，而且在于它培养了一大批电影人才。一方面，公司非常注重明星效应，曾经培养发掘了胡蝶、陈玉梅、袁美云等电影女明星。这几位，在20世纪二三十年代可说是人尽皆知的大明星、大美女。另一方面，天一又是典型的家族企业，邵氏四兄弟在企业内部既精诚合作，又明确分工。老大邵醉翁，不仅是公司的创立者，也是总经理兼导演；老二邵邨人，负责公司内部管理；老四邵仁枚和老六邵逸夫主要负责发行，把天一的电影推广到香港、南洋和海外。1958年，邵逸夫与邵仁枚联手在香港创立邵氏兄弟有限公司，营建了影响整个华人世界的庞大电影帝国。而这个帝国的源头，就在上海北四川路的横浜桥头。

除了这些影业大亨，还有不少电影明星也和北四川路特别有缘。

以胡蝶为例，祖籍广东鹤山，出生于提篮桥的辅庆里，青年时期有相当长一段时间居住在北四川路余庆坊。正是在余庆坊的这个时期，她开始学习表演，先后在大中华、友联、天一、明星公司出演影片，在表演上取得卓越成就。更加幸运的是，身为广东人后代的胡蝶，竟然能说一口标准的“国语”，而且正好赶上了无声电影向有声电影发展的“风口”。美丽、端庄、喜气、优雅的胡蝶，也是时尚界的宠儿，三天两头上杂志封面。

1933年，胡蝶当选中国电影皇后，真是万千宠爱集于一身啊。

另一位女明星阮玲玉，同样是出生在上海的二代广东移民，曾先后居住于北四川路海宁路和鸿庆坊。1926年，阮玲玉考入明星公司，后转入联华影业，因出演《故都春梦》《野草闲花》《桃花泣血记》等影片而名声大噪。阮玲玉不会说“国语”，但好在她出演的影片都是无声电影。“一·二八”淞沪抗战后，阮玲玉又主演了《三个摩登女性》《小玩意》等思想性、艺术性俱佳的左翼电影，树立了独特鲜明的阮氏风格，广受好评。其中，她在《神女》中的表演，细腻动人、真挚深情，堪称中国无声电影表演的巅峰之作。可惜的是，现实生活中的阮玲玉并没有像她扮演的角色一样，奋起抗争，寻求解放，而是陷于婚姻感情失败的痛苦中不能自拔，1935年便自杀离世，年仅25岁。

还有一位值得一说的电影人是蔡楚生，一位从电影公司杂务做起而最终成为大家的广东籍导演。抗战胜利后，蔡楚生回到上海，住在北四川路旁的千爱里3号，开始酝酿筹拍影片《一江春水向东流》。可是，因多年积劳成疾，他的肺病一直不见好转，临近开机却无法去片场执导。情急之下，蔡楚生找来从未做过导演的小老乡郑君里，请他出任现场导演。于是，奇特的一幕出现了：作为第一导演的蔡楚生基本不去片场，而是在家构思脚本，绘制气氛图，现场导演郑君里则每天骑车往返于北四川路的蔡家和徐家汇的片场。凭着惊人的默契，两位才华横溢的电影人合作完成了中国电影史上的史诗级影片。1947年，《一江春水向东流》公映，在海内外引起轰动。

今天的四川北路早已不复当年“影院街”的传奇，120年的时光并不算久长，但那些曾经人流如织的影院、影厂，在经历革命和战争的血火之后，大多已无迹可寻，那些如雷贯耳的人和事，人们也只能在历史书中寻觅芳踪。然而，礼查饭店还在，乍浦路还在，横浜桥还在，余庆坊和千爱里也还在，爱电影的人们茶余饭后去走走中国电影曾经走过的那段路，没准儿还能找到与胡蝶、阮玲玉擦肩而过的感觉。是的，只要爱电影的人还在，北四川路与中国电影的那些往事就永远不会被遗忘。

（2017年11月2日）

四十年前，沈从文下江南

王　道

1976年8月，受唐山大地震影响，沈从文遇到了他的人生中第三次“突然而来的大事”（第一次为小学毕业后的15岁，忽被告知“明早离家”；第二次是抗战时期，晚上8点学校开会，10点通知，次日早7点离京），他与家人一起往南方暂居，当时随行者有夫人张兆和，孙女沈红、沈帆等。虽然南方天气炎热，但沈从文与家人再三权衡决定南下，他们一行于8月4日到达苏州，当时计划短居月余即回北京，没想到一待就是半年之久。这半年时间里，沈从文开始了解江南文化，并走进了江南的山水和古物中去，继续充实他的中国古代服饰和其他文物研究，他的身心也得以有了短暂的休养。对于当时曾经接触过沈从文的人来说，则是一种难忘的教益，他们中有的后来成长为文物研究学者、作家、书画家等。40年倥偬而过，再忆起往事更觉沧桑，难忘的是沈从文对江南文化的“一见如故”和深深眷恋。太湖东山、昆山锦溪、吴中甪直、苏州园林等地都留下了沈从文的足迹，在书信里、在他的研究著作中，这些江南地名也都隐约出现着，那是一段非常岁月里的慰藉，也是一段不可忽视的文化之旅。

九如巷，永远的欣慰之地

苏州，从20世纪30年代初期便写在了沈从文的履历中，那是他的爱之地、福之地，也是他曾经的勇敢和忐忑之地。因着特殊的情愫，他在困顿时、疲累时，总有意往江南去，每次去也总有着新鲜的收获。

早在 1974 年，沈从文就因为眼疾与夫人回到苏州小住，真正做到了“不看书不写字”，当时他致信徐盈、彭子冈说到处看山石、看园子，满眼翠绿，十分清静。吃的湖鲜鱼虾，“有的超过了一生所吃数量”，身体也健康很多。只是蚊子有些欺生，而当地人则很文明礼貌，“公共道德的水平，似比北京的就高得多”。

苏州九如巷，张兆和的娘家所在，那是沈从文爱情见证的圣地，多少年走过来，沈从文每次到苏州大多会住在这里。这里住着“小五哥”张寰和一家，他会摄影，了解本地文化，早年他随着沈二哥东奔西跑逃难，文学爱好多少也受了沈二哥的影响。他们一家给予了沈从文一个贴心的休养场所，使得非难之时的沈从文在江南有个歇息之地。

1976 年 8 月中旬，“文化大革命”尚未完全收尾之时，沈从文从苏州致信巴金，说 8 月 4 日老幼四人到达苏州，暂住九如巷3号张寰和家中。北京住房受地震影响，文件图书乱成一堆，估计9月中旬北方地震告一段落即谋北归矣。到苏州后得知好友左恭去世，为本年故去熟人第十五位。左恭曾在胡也频、丁玲被捕后暗中协助多方营救。“良友之故，诚可伤也。”此时，沈从文更是感到时间紧迫，“我近一年来身体似乎大有好转。只是迷到工作里”。他希望除业已成形的《中国服饰资料》外，再来做八个专题一同送交给周恩来总理，作为个人的下一个四年计划。这八个专题包括“球类竞技的进展”“马技和百戏的进展”“扇子的进展”“狮子在中国”“金银加工工艺的进展”等，很多都是文物研究中的“空白点”。

此时，早年对沈从文文物研究关心过的周恩来等领导人都已经去世，“我的工作不免和过去搞创作一样，可能又近于落了空”。但沈从文并未气馁，他致信巴金说，即使已无人支持这个带试探性的努力，“我也还是将争这有限四五年最后生命来进行下去”，即使公家不给支持，他自己给两个助手出薪也还可以进行下去，直到完全失去工作能力为止。因此，沈从文的南下，则有着别样悲壮的奋斗意义。“所以还想利用南来的机会，好好就上海博物馆、苏州、杭州、南京等文物机构，进行一回有目的‘学习二三月’计划。”

九如巷位于苏州古城中心点一处稍僻静之地，张家大部分私立学校和住宅地块已经被政府占用，只留下了一排小房子和狭窄院落。沈从文说，即使是受地震影响下塌，也不会使人受伤。只是小院里有些炎热，蚊子也很多。就在此时，张家原有房屋又面临拆迁，即张兆和小时候曾住过的主要房屋，政府要拆建新楼，为此张寰和让11岁的沈红把二层原有建筑画下来。没想到沈红画得很是认真、传神。沈从文还在这幅铅笔画下题跋：“涂涂抹抹，改了又画，共四个下午才完成。两次是在太阳下。正门上窗格有遗漏处，门前还有些应用器物未及添上。在拱门转角处有一株齐檐桂花树未及画，二窗之间还有株大无花果树未及画。……”

沈从文在苏州多次致信亲友提及此事，他致信沈红父母沈虎雏、张之佩夫妇：“去上海时，带了她（沈红）

在苏州作的一张铅笔写生画，画的是行将拆去的妈妈等小时住过的那个楼房和右边月拱门。楼房上下有十面窗子，窗门开关不一，正中又有个假洋式门，卷草装饰和方楞柱子，半圆石阶，连同瓦上种种，都画得十分精细而准确。”为此，沈从文连同沈红在此为他画的一幅睡像图一起带到上海给美术家李宗津看，得到了很大的鼓励，说让她“随心所由”地画下去，并要加入点幻想，进展会很快。沈从文还有意让沈红跟着助手王亚蓉学画画，并报考新设立的美术专科。只是后来并没有实施。当沈红被转移到苏州附近的昆山陈墓镇外婆家时，沈从文还致信鼓励她，多画些人物速写，就地取材，画一些镇上的面貌。

在苏州九如巷一切适宜，沈红在此也与张家孩子打成一片，只是沈从文“心里不安”，因为主人的周到招待。10 月 12 日他致信给张家大弟宗和：“在小五哥处作不速之客，一住即不觉二月，不免把小五哥一家闹得人仰马翻。特别是孝华五嫂，每天天不亮即得上菜市，为购副食品而战斗。（排队挤扯剧烈程度真如“战斗”。我和三姐还只去看过一次，也弄得个头昏眼花！）继续下去，恐终有一天为此而身体弄垮！因此每天上饭桌时，心中总不免感到异常不安！”

同日沈从文还致信长子龙朱：“我们这两个月吃得尽够好了，可全是五舅妈每天早二三点即去战斗的结果。即此为止，也使得五舅妈够累了。若延长过冬，势必非把她真正拖垮不止。”张寰和家本就人口不少，再加上还有其他亲戚在此借住，计划经济口粮本就吃紧，如何协调一大家子十几人吃饭？为此沈从文想到过如北方地震仍有威胁，就迁出九如巷寻他处暂住，但吃饭是问题，看书、查资料也是问题，后来他还想过独自回京，坚持工作。两个多月后，沈从文还是搬出了九如巷，借住在张家一位世交家中，只是午、晚饭还在九如巷食用。为节省时间，遇雨天沈从文就把晚饭提前带回去。到了次年（1977 年）2 月 4 日，沈从文实在等不及了，致信龙朱：“这次来苏大大失策，既把小舅舅一家四人为我们吃的忙个不息。（荤菜只三人定量，上桌却有大小十一人，不够的全靠各方面支援，以至于由远在太仓农村的大妹妹处大分量供应，和别的熟人供应。）而留下来却什么也无可为力。……我住下来只是着急，等于生命白费。”

两个月后的 4 月 4 日，回到北京的沈从文致信汪曾祺还提及苏州买菜肉不易，“可是买豆腐也总得上午二点前即去排队。而且内行太多，排队傻等还不一定可以得到。即此一端，亦可对别的事能融会贯通，得到理解”。可见沈从文暂居江南并未远离社会，而且还在悄悄以文学的眼睛观察着社会。作为当事者，张寰和夫人周孝华至今记得当初抢买、巧买菜肉的情景，她说，一是要去得早，排上队；二是要学会和营业员打交道，要冒充是他们的亲人，有时还要给点小恩小惠。没办法，当时就是想着让家人吃上饭，尤其是大作家沈二哥。

1977 年 6 月 18 日，沈从文专门致信张寰和、周孝华一再表达不安：“谢谢你们一家大小，在大半年搅扰中，我留下一种特别深刻亲切难忘的印象。只是不免同时也留下一种永远的歉意。……你们料想不到，我其所以要力争回京，就因为深深明白为了我们二人的日常生活，不仅把你们一家的安静完全打破，还使你们烦累不堪。这都不是写个什么信能用‘道谢’即可表示的！我一想到你们半夜就去为我们安排上桌的日常蔬菜，每回上饭桌，都感到深深歉意，可又从不敢向三姐提及！”

沈从文对这次南行感到深深不安并“十分痛苦”，可见他对别人给予照顾的敏感和感恩之心。在张家人心里，更多的是记着沈二哥在江南的适宜，尤其在水乡畅游和寻古时的快乐。

陈墓行，他要了一件水乡服饰

2016年秋，周孝华特意赶赴昆山锦溪镇寻找沈从文当年居住过的老房子。40年前，沈从文从苏州乘船来到这处静谧的水乡小镇，让疲累的心得以休闲下来。他的匆匆之行，并未引起太多的关注，倒是无形中影响了当地一位作家的成长。

锦溪因传说宋孝宗南渡时陈妃到此去世并葬水下得

名陈墓，破四旧时更名陈茂，后又改回锦溪。小镇上最早有几个名门，其中有一户张家位于天水桥附近，开有米行粮店，并赞助创办地方学校。张家走出去一位知识女性张之佩，即沈从文次子沈虎雏的夫人。当时沈虎雏夫妇在四川工作，为了解决沈红上学问题，就把她送到锦溪来读小学。

1976年11月下旬，张兆和从苏州先几天到了锦溪，七天后，沈从文乘船抵达。12月21日，沈从文致信沈虎雏、张之佩："我随后去住了五天，承姥姥一家的热情厚意招待，把新屋最好的一间房给我们和红红同住，又为我们日夜忙吃忙喝，让我们尝尽鸡猪鱼虾蟹，还像过去抚台大人出巡一般，带了一大袋糯米，几大斤干青鱼，和什么什么，才和红红一到回转苏州。"张家距离航船码头不远，中间隔了一道桥，房屋处于河道三岔口处，视野开阔。沈从文对于锦溪镇貌似颇有好感，他每天坐在门前看风景，"镇上景色人事给我印象都极好，我每天早晚都去镇上热闹处看看上市种种，还必在门前或观音桥看来去船只许久"。张家人还陪着沈从文到镇上熟人家串门走动，镇上人家以特产熏青豆和地方茶热情招待。沈从文还特地去致谢了沈红所在学校的老师们。

湘西同样是水乡，但沈从文在锦溪体会到了别样的意蕴。1976 年 12 月下旬他致信作家张香还："江南水村大大不同于沅水支流五溪沿河城市，因为前者平衍而后者险急。但相去万里，时隔半世纪，有一点在弟印象中仍十分相同，即农民型小孩、妇女之素朴善良可爱处，竟如同一模子印成。亲戚家适在小镇上三岔河道岸边，每天都有上百成千小木船从四近农村运菜或粮食来镇上。却把人肥、化肥及日用百货载回去。船上老幼极少人唱歌，摇橹的也不打呼号，这一点和湘西大不相同。所有坐船上的人，几几乎都耸肩袖手的沉默不语，从小镇上几十条拱桥平桥下穿过，可是总的印象，总像是在轻轻唱歌！特别是所有老农妇和小孩冻得通红的脸上，明亮亮的眼神中，都可看出他们生长在这真正鱼米水乡中，生命的自足性和完整性。"

在锦溪镇上，沈从文用心感受着人与自然环境的情感和默契，在此他还遇到了一件小事，即张家忽然来了一个自称数学天才的男青年，曾戴“右派分子”帽子下乡劳动，说自己发明了三个数据，比华罗庚还要高明，不久即可一举成名云云。当然大家都会觉得这个人神经有问题并推出门外去。沈从文在屋里睡觉，只是凭着对当地吴语的猜测便知该男青年对张家小女有意思。当大家都对“天才”报以戏谑之时，沈从文却是另外一种感想。他忽然想到了自己的经历，当他在做小兵时有意自己去寻觅一个目标时，相熟人中不少都说他有点“神经病”，到了北京后也是逃不掉“神经有毛病”的印象；以后每转到一个新段落中，同事同行中总有如此印象，到了新中国成立后转入博物馆工作，又因为太痴迷在库房被人称为“文疯”。因此他开始同情那个“天才”，只是自己从不承认自己是天才，完全是努力的结果，因此他只可惜不懂数学，否则可以与之对谈，甚至可以给予必要的帮助。

40 年倥偬而过，周孝华站在昔日的废旧码头，看古镇风景和地名都发生了变化，再漫步到沈从文曾居住过的老房子，屋内早已经不是张家人。新屋主倒还热心介绍参观，房子结构也发生了变化，在逼仄的小院子里竟然发现了虎耳草，那是沈从文笔下常出现的一种湘西花草，此刻它静静待在天井似的空间里，默默守望着一方静谧的天空。不远的天水桥，即沈从文所称的观音桥依然轻柔地架在小河之上，只是船只稀少，几乎半天也看不到一只。

陪同参观的是一位地方作家沈火全，笔名致云。沈火全开口便说，在当代作家中，他最佩服最喜欢的就是沈从文，而他的笔名也和沈从文有点关系。早在20世纪80年代后期他就写过一篇《沈从文在陈墓》，得陆文夫指点并刊发在《苏州杂志》上。行文以张家小女的名义写的，“致云”即来源于此。沈从文到锦溪时，沈火全尚未成年，他与沈红同校，后从事过交通、旅游行业，并担任过村支书，现在锦溪文体站工作，发表过大量的小说、散文，作品具有浓郁而淳朴的水乡气息。

沈火全笔下记录了一件特别的小事，他在小镇上偶然看到草船上妇女的绣花头饰和镶边布裙，很有兴趣，那是寻常的水乡服饰，要知道那时候沈从文正在专注于中国古代服饰的研究。后来沈从文还是通过孙女提出来想要一套那样的服饰，一定要旧的。后来张家人就到镇边千家甸村向一位熟悉的农妇要了一套带给沈先生，“但那套衣服的装饰，已是简化了不少，不知沈先生满意否”。

实际上沈从文早就对江南水乡服饰有了兴趣，他在此致信王亚蓉说当地女子穿着古朴：“个子瘦小却十分精神，穿着还像二百年前式样，也许还早些，可到宋明，袖子小，头搭花帕子，衣加花边，神气来兮。喜穿单色衣，不穿花衣。老式蓝印花布，还可在较小市镇上用自家织布机加工。……廿年前来苏州时，还曾在旧衣铺见一笼粗麻布帐子，用六七寸大串枝莲花头布满全帐，又华丽又朴素，十分动人。……其实这类印花布放在新的纺织博物馆陈列，也还能压倒所有现代派印花绸子，给人以壮丽华美的印象。这里许多新印花绸，简直是超未来派！”

江南唐宋彩塑，从保圣寺罗汉像辨起

1976年11月，身在苏州的沈从文曾先后三次到达水乡小镇角直，那里是沈从文好友叶圣陶的故里，但此时沈从文更专注于镇上的重要文物保圣寺“十八罗汉”，他在未带资料的情况下，进行了系统的分析和研究，并将报告告知当地文管部门。

保圣寺作为江南著名的千年古刹，据说始建于梁天监二年（503），寺内古物众多，其中以“塑壁罗汉”为最，据说为唐代圣手杨惠之所摹。民国初年以来，陆续有顾颉刚、蔡元培、马叙伦等人呼吁保护。1925年，日本东京大学美术史教授大村西崖看到了顾颉刚的文章后，于1926年专门前来实地考察，回国后著书《吴郡奇迹·塑壁残影》，书中详细记载了大殿内塑像、塑壁及木结构建筑本身，判断大殿木结构及塑壁、罗汉均为北宋遗物，为保圣寺留下了丰富的文字和影像资料。后来者多依据此本研究。沈从文到此时，该组塑像已被列为全国首批重点文物保护单位，只是对此的研究尚未更深入地进行。

周孝华记得，当初陪着沈从文到甪直后，他一直都在琢磨那些年代久远的罗汉塑像，当地文物管理人员也很热心向他请教，回来后他也去信表达看法。1976年11月中旬，沈从文致信甪直文物管理人员王新："这次南来，有幸和亲友到甪直参观名塑，印象极好。……承询诸事，因南来不带图书，尽就记忆所及，略谈一二……"

实际上沈从文的略谈一二长达数千言，尤其对于彩塑罗汉像，沈从文从多角度提出了几点疑问："目下保存彩塑，相传为开元时杨惠之之名迹，系根据日人大村西崖著述而来。"首先是彩塑数目，根据报告说是十八罗汉，沈从文以为，罗汉或应真，直到唐末五代还只是十六位，"十八罗汉"名称即出于宋人。所以如果是十八罗汉，证明或晚于唐；十六罗汉，唐代可能性多。再就是彩塑背景水纹，沈从文曾与陈从周会晤谈及此，均认为非唐代之物，沈从文说曾在北宋人的绘画中看到过类似的水纹，如李公麟的《九歌图》。

从历史事实看，此塑若是出自与吴道子齐名的杨惠之之手，应该会在稍后会昌灭法毁佛中不存，而后来的相关记载中却没有提及。再有旁证，保圣寺之地址，所引资料多为南宋人笔记，并记载实为晚唐诗人陆龟蒙家宅前院一部分。在正殿杨塑左侧石刻载有白莲花寺官方所划定地产范围及庙产房间数，末有熙宁四年（1071）号，可知为当时所给，可知北宋时还用唐代“白莲花寺”旧名。

沈从文还根据保圣寺内一些零碎遗物阐述意见，如正殿前右侧的一段唐代六柱形经幢残石，有中晚唐大中年月，还有几行文字，不妨拓下研究，可能会解开该寺的兴废历史。他还大胆推测，经幢应为唐开元时建立，因会昌毁佛而打毁，到大中时，恢复佛教信仰，经幢又被保存，不妨从材质上分析，与其他同类经幢对比研究。在正殿前方右壁还有一个大碑，文字受侵蚀，但应该拓下研究，结合书丹篆额人姓名及立碑年月，此碑即或成于宋明，或有关于彩塑的年代问题透露。

综合各种现有证据和史料，沈从文当时推测，此彩塑近五代时，彩塑背景水纹也近于五代北宋时画风。如以陆龟蒙史料推断，彩塑基本上可定为五代，“或且为五代时事，彩塑是五代作风，将更无可疑矣”。当时沈从文还给出了两个研究附录，以供当地文物人员参考研究，希望得出更具体的结论。

金紫庵彩塑罗汉的年代问题

或许是因着对江南彩塑的兴趣，直到1979年夏沈从文再下江南时，特地去太湖之畔看了据说是南宋时的紫金庵彩塑罗汉。当时接待他的文物工作者张志新后来成为吴县文物管委会主任，他至今印象深刻，说当时他正好忙完苏州七子山五代墓的发掘，在办公室清理文物时，见到了沈先生：“矮矮个子，胖墩墩的，身穿灰的卡便装，高而宽的额头上，头发几乎已经全白了。他戴着深色边‘秀郎架’眼镜，脸部始终堆满微笑。”在等车的时候，张志新向他请教了七子山墓葬的主人和年代情况，沈从文侃侃而谈：“墓葬中出土的俑，体现了唐宋之间的风格，有的肥硕，具有唐代仕女俑的特点，而有的又比较清瘦，双手拇指交叉作揖状，这在宋代比较盛行，《太平广记》中有记载，这叫‘扠手示敬’……”张志新说：“听他的一席话后，我坚信了七子山古墓为五代钱氏家族墓的初断。”

车到紫金庵后，接待人员介绍：“紫金庵殿内两壁的十六尊罗汉和后壁的观音像，相传为南宋民间雕塑名手雷潮夫妇的作品……”沈从文听后一言不发，待把十六尊罗汉像全部介绍完，他们邀请沈从文去接待室饮茶休息，他却要求独自留下再仔细看看。整整两个多小时，沈从文不时远观近看，并绘画、记录，专心致志地研究着这些深藏山中的彩塑。当时苏南地区正讨论着紫金庵罗汉的年代问题，面对张志新的适时问询，沈从文说，“紫金庵罗汉的装銮艺术，保留了苏南民间彩塑的独特风格”，“明清苏南彩塑在民间习惯上有上、中、下五彩之分。上五彩也就是沥粉泥金，花纹以沥粉堆线勾勒轮廓，并在线上用泥金或真金箔补金线，然后剔地填彩，紫金庵罗汉采用的是上五彩的做法……”，

“我国佛教雕塑，在宋代便盛行沥粉泥金上五彩的做法。风格趋向写实，手法工整，精细。这种传统一直延续到明清。紫金庵罗汉装銮有这种特点，但明显有后代重绘的迹象。……”在与张志新的探讨中沈从文认为：“紫金庵罗汉虽然经过清代重绘，但在风格上与原作仍有承继的痕迹。服饰多用‘宋锦’纹样，采用八卦、六角、扇面、方胜、海棠等几何形，填上多样的变形纹饰，其中包括工笔的人物画，写意的山水，变形的牡丹等等，突破了袈裟单纯的形式，布局丰满，达到了‘远看色彩近看花’的装饰效果。但是这里的彩绘不如宋代的精细，统一和调和，显得有些杂乱，这可能是明清画工由师承和前代彩绘遗迹等多方面因素造成的。其中还有不少装饰纹样，如千佛衣、耕读、八仙和富有东山地方特色的花果，折枝花卉，都是比较有特色的……”很多年后，张志新为此整理了一篇回忆文章发表，对于沈从文的博学、谦虚和学术敏感深为钦服。

在角直，周孝华还记得一个细节，沈从文常常俯身捡拾一些碎瓷片，并不时地对陪同的亲友说这是哪个时代的、哪个窑的，就连在回来的路上还捡拾了不少，当然其中也有现代的东西。他在每块瓷片的背面都用蝇头小楷密密麻麻写下了瓷片的年代、风格。他说："这里到处可以发现好东西，你只要花些工夫下去，一定能学到不少知识。"沈从文当时致信王新时将中国陶瓷分为三个阶段：一是史前，即彩陶、龙山和黑陶，南方多为硬质陶；二是青釉陶，由商周到南北朝，在角直陈列柜中即有这一时期北方多见的闪光釉小罐、小杯出现，若再多见些，可证明江南也有生产；三是唐宋以后绿釉瓷和青花瓷的收集。"这三部分陶瓷，完整的重要，即使零星碎片，也能启发新知，解决问题，同样重要。"沈从文为此于 1976 年 10 月 22 日致信王亚蓉时提及在角直看到零散材料，很有启发，如在一些公社看到出土的商周釉陶，"青黄釉薄薄的一层，而且战国釉陶（釉色较黄），在苏博也多而特别精致，它的普遍性，使人进一步相信釉陶原出于南方的估计，也得了些物证。因为硬质陶出于南方，是无问题的"。而此时南方很多文物工作者尚未有人发现这一点。

梅影桂香，故人清风，一如现实的梦境

在苏州期间的金秋时节，张寰和一家带着沈从文到处游走，尤其是代表着江南特色的胜地，如太湖一带的风光。1976年10月5日，沈从文致信长子龙朱："我们曾趁着好天气到以梅花著名全国的光复（福）镇的邓尉玩了一天，在乾隆南巡到过的半山新修亭子上看看山下梅园和太湖一角，环境还畅朗。随后转往太湖侧一个村子'窑上'看桂花，五六里一面临湖，一面傍山，几几乎全是在盛开中的桂花树（此外还有杨梅、枇杷、橘子等，一年四季都是花果）。到处有人在摘桂花。"

光福镇窑上桂花自古有名，明清时期留下不少诗词，到了民国时，于右任到此还有"老桂花开天下香，看花走遍太湖旁"的诗句。窑上村家家种桂，栽满了整个西碛山头，花开时香溢十里，形、色、香为全国之最。新中国成立十周年时，四盆窑上桂花摆上了天安门城楼，更使得窑上桂花有了特别的意义。"苏州或别处桂花开时都稀零零的。这里却满山满树全部盛开，

山多做成整齐台阶形，从横路走过，人得从两旁压枝下垂花下钻过，完全和梦境一般。”

只是每年到了收获季节时摘花根本来不及。沈从文一行自带饭菜在一花农家吃饭并帮他们捋花时，趁机与之闲聊，也得知人手缺乏，因为要在三天之内把花采下来，结果是只能采得十分之二三，其余的便铺上大塑料单任由花谢落下，更多的则化为了香土。在村里沈从文一行受到了花农的款待，他们回赠粮票也被拒收，只得由随行的摄影师为他们拍照留念。张寰和还为沈从文拍了很多照片，沈从文致信长子龙朱：“小五舅为我们也照了相，不久必可寄来，可惜的是环境总的气氛怕照不出。”

村民淳朴，村貌自然，满眼的果树，花香四溢，沈从文致信次子虎雏形容此行：“多年来就在阶梯形的山坡上栽培了桂花、梅花、枇杷、橘子，真是满山满谷……过了一个最有趣的上午。也是一生少遇的秋天，一切和做梦差不多。”在同期致张香还时也提及窑上桂花胜景：“为一生仅见最理想之花果乡。”在随后致信张宗和时，沈从文提到梁实秋在海外谣传他在“文化大革命”中去世，他反驳说：“事实上呢，我在这廿多年中，活得比许多旧同行老同事都有劲头，都活得还健康，甚至于还可说更自由。”

这一时期沈从文还曾就近去上海探望了巴金，谈及好友中的朱光潜、冯至、贺麟、罗念生、李健吾等人，走路大都需要拐杖，叶圣陶、茅盾出来也要人扶着，卞之琳更是白发苍苍显得老腔了。而沈从文则自认为生命青春保持得久一些，不但在工作上成了“标兵”，走路也是半跑状态，赶电车身手敏捷，“一切就得力于用强劳动加速新陈代谢，在某些外表方面，甚至比（黄）永玉也还精悍许多！”沈从文的自信满满，或许与在不堪的大运动之下还能侥幸待在这样安闲的小环境有些关系，使得沈从文自信在未报废以前可以活得更健康扎实，“更能在一切不意而来的挫折具抵抗性，对于未老先衰的心理上的疾病，又具免疫力，则十分显明！（致沈龙朱）”

这一年，沈从文已经76岁。

1976 年 11 月 8 日，张寰和与家人带着沈二哥去登天平山看红枫叶，沈从文虽过了古稀之年仍攀登顽健，他次日即致信张香还："秋末时自然景物最动人处，似数范墓附近水木明瑟萧疏之至，附近数十株高耸云天之老枫树，叶片明黄赤紫，在斜阳返照里给人印象神奇如在梦幻中！"

沈从文在同日给沈虎雏的信中同样赞叹这次登山之行："在山中范文正祠堂前，还看了二小时枫叶，枫树多是四五百年前物，十分壮观，似乎是一生所仅见的一次。"

练字暖手，苏州同道中人的回忆

在苏州期间，除令人欣然的自然景观外，慕名上门拜访的同道中人也会让沈从文感到欣慰。苏州的著名书法家、书法理论家葛鸿桢，当时还只是个业余的书画爱好者，被从工厂借调在文化馆负责书法、美术工作。1976 年经人介绍慕名前往九如巷拜访了沈从文并向他请教书法之道，后来还获得了沈从文写于抗战时期的珍贵书法作品，为此葛鸿桢专门写过一篇《历尽劫数义迹在，重书惠泽道中人——一幅弥足珍贵的沈从文书作》（《书法之友》1997年第6期）记录此事。后来葛鸿桢曾专门研究沈从文的书法特点，在他发表的《沈从文：风流章草出新裁》论文中，他从各个方面阐述了“沈从文本不以书家立身，但自幼酷爱书法和文博，一生临池不辍，尤工章草，并取得了应有的书法地位”。

而苏州著名画家杨明义则与沈从文、张兆和在1976年冬季见面后，一直保持着联系，他在回忆文章中称：“我第一次见面即和沈老聊了不少，他边谈边搓手，江南的冬天确实很冷。……大约因为九如巷地方小，后来他们夫妻暂借道前街处的一小楼上居住。当时寒冬腊月，滴水成冰，桌上放着一只小的用废铁罐制成的火油炉，用来取暖烘手，房子里冷极了，仅此小油炉根本发挥不了什么作用。我去看望他们时，沈老总在写字，说要借写字来暖手。我珍藏了几张沈老当时写的书法，最后落款均是记上苏州严寒练字暖手的字句。

有次我特地用大口暖瓶带了刚出笼的小笼包子送他们，在路上我疾步快走，生怕热量会被散发掉，待见到他们捧着暖瓶，吃着热气腾腾的小笼包子时，似乎彼此的心也随着暖和起来。”（《沈从文先生在苏州》）

杨明义常邀请沈从文去他家做客，听他讲述“文化大革命”前后的趣事种种，他们探讨着费新我、唐兰的书法，探讨着黄永玉的《飞鹭红莲图》……沈从文看了杨明义的画作后问他是否临过宋画，“他又讲了许多故宫里收藏的宋画特点，要我再深入研究。对历史绘画中人物的服饰、器具、风格、特点也介绍了许多，并说许多流传的古画是假的，因为画中的服饰、器具式样不是这个时代的，不用看画的风格即可知道年代有问题了。他那些研究得来的论证让人心服口服，也让我领会了好长一阵子”（《沈从文先生在苏州》）。

让杨明义想不到的是，沈从文回京后不久就为他寄信，“足足有六张纸，是用毛笔写在旧信笺上的，公公正正的行行小楷，信中写着感谢我在苏州对他的招待，邀我去北京，他会陪我去参观故宫和历史博物馆，可做我的说明讲解员等。信中又附了一张小楷书法赠我。这样一位伟大的学者对我一个普通的青年如此谦和平易，真使人感动不已”（《沈从文先生在苏州》）。沈从文回京后遭遇了三个亲友的前后去世，情绪受到影响，后又生病流鼻血 20 多天，再后来右手严重扭伤几个月未能康复，并自觉记忆力下降，甚至一度遗忘了答应南方亲友寄书法的事情。于是只得整理以前的书法作品寄来，沈从文致信杨明义说：“字共计两卷，另一卷已记不清内容，只依稀记得寄九如巷一份内中尚有您和葛鸿桢兄的，稍过三几天可问问以迪（张寰和之子）必可知道。……如有机会来北京，时间又恰在秋冬之际，必可陪同去西郊香山颐和园畅游一回。故宫和历博新陈列也还值得一看。弟能为作几次说明员，也是一回快乐事情！”后来杨明义在北京《骆驼祥子》电影首映会上遇到了沈从文，沈从文邀杨明义去他的新居玩，那是他们的最后一面。沈从文去世后，杨明义经常去北京看望张兆和女士，“这位热情慈祥的老人 80 多岁了还亲自下厨炒菜给我吃，每次会送我许多新出版的沈老著作，1997 年她随作家代表团来苏州访问时，还特地乘了三轮车来我近日楼内小坐呢”。如今早已是成名成家的杨明义先生还会时时想起这位慈祥可爱的“握笔的巨人”。

1976 年，沈从文的江南之行让他收获了很多难忘的记忆，也包括很多难忘的亲友；1976 年，因为沈从文的江南之行，无形中也给很多人带来了很多想不到的变化和影响，这影响可能是无形的，但却如水流动，绵延不绝。

（2017 年 1 月 12 日、19 日）

康科德群星闪耀

潘　蕾

梭罗说："我们夸耀说，我们属于19世纪，同任何国家相比，我们迈着最大最快的步子。可是想想这村镇，它对自己的文化贡献何其微小。"他所生活的这个名叫康科德的小镇，同时代生活于此的还有爱默生、霍桑、布朗森·奥尔科特、露易莎·梅·奥尔科特、玛格丽特·富勒等，在19世纪中叶仍相对暗淡的美国版图上，尤为明亮耀眼。

爱默生取了手杖

排在作家和哲学家之前，爱默生首先是个演说家。爱默生的时代，演讲完全可以作为一种谋生方式。他演讲所得的费用远高于出版书籍的收入。爱默生一生演讲了1500多场次，所得不仅能保证一家老小舒适的生活，还有闲钱购买土地，包括瓦尔登湖旁边梭罗盖木屋的林地。

爱默生之家与康科德博物馆隔着剑桥路相望，现在仍为家族所有。一栋四四方方的两层小楼，是新英格兰乡间非常常见的建筑样式。1835年爱默生花3500美金买下这栋房子。第二任妻子莉迪亚想住在娘家普利茅斯，爱默生说他更想住在原野之中，婚礼后第二天就带着家人搬到了康科德。

爱默生要让新家尽可能多地挤满书籍和报纸，还有智慧的朋友。这理想的一切在他搬进去不久就得以实现，主要集中在他的书房。从房子东头的小门进去，右手边是爱默生的书房。书架占去一整面墙壁，每一横格末端都有一个抽屉拉手。如果遇上火灾，人们便可以将书一整屉一整屉地抢救出去。1872 年这个房子确实遭遇过一次火灾。镇上的邻居来救火，首先抢救的是一箱箱书籍和手稿。灾后朋友凑了一笔钱修复房屋，爱默生在女儿艾伦的陪同下，去了欧洲和埃及旅行。第二年他回到康科德时，当地学校放了假，所有人都去镇上欢迎他。爱默生无疑是康科德最荣耀的居民。

书房里的陈设多是爱默生一家住在这里时的样子。梭罗、霍桑、奥尔科特父女等都是这里的常客。奥尔科特家并不怎么宽裕，二女儿露易莎喜欢读书写作，爱默生准许她借走书架上的任何一本书，还回来的时候还可以当面向他请教。奥尔科特家的小女儿梅喜欢绘画，爱默生让她挑选喜欢的画作，拿回家临摹。

书房正中一张圆形木桌，正对着壁炉，爱默生的笔和墨水摆在上面。他在这里写出的作品包括被称为“美国知识分子的独立宣言”的《美国学者》。“我们对欧洲娴雅的缪斯们已经听得太久了。美国自由人的精神已经有胆怯、模仿、驯顺之嫌。”他尤其不满年轻人轻看自己，唯欧洲马首是瞻。他说：“怯生生的年轻人是在图书馆里长大的，相信自己的职责就是接受西塞罗、洛克、培根提出的观点，却忘了西塞罗、洛克和培根写下这些书时，就是图书馆里的年轻人。”

《美国学者》跟爱默生散文集中的大多数文章一样，原本是篇演讲稿，结集时做了整理和修订。他也在此伏案写作书信和日记。1855 年，默默无闻的惠特曼出版了《草叶集》。作者寄了一本给爱默生征求他的意见。一如很多德高望重的文坛前辈，对后生宽厚提携，多鼓励褒奖，爱默生写了长长 5 页纸的回信，夸赞惠特曼的才华，认为他是像《美国学者》中提到的真正思想独立、发出了美国声音的卓越诗人。这封回信让惠特曼受宠若惊。《草叶集》再版，暗绿的封面，书脊上用烫金的字体写着：我向你正开始一项伟大的事业致以敬意——爱默生。爱默生觉得此举唐突，惠特曼不应该把私人通信这么高调地公之于众，从此他对惠特曼的作品持更多批评的态度。

爱默生每天会在一个本子上记下当天所发生的事及

所思所想。1837 年他问梭罗："你写日记吗？"这漫不经心的一问，让梭罗终生保持写日记的习惯。爱默生自己的日记出了厚厚的 16 卷。

梭罗这个年轻人，在爱默生眼中纯洁、睿智、勤劳。1841 年 4 月，梭罗应爱默生之约住进了他家。现在的爱默生之家，找不到梭罗曾住在哪个房间的痕迹，因为他 1847 年就搬了出去，而后很多年，这些房间一直为爱默生家人使用着。爱默生的卧室则保留着主人在世时的样子。巨大的半拱形窗户让房间很明亮，窗前一把摇椅，一天很长时间可享受到阳光。向窗外望，看得见梭罗种下的葡萄藤。深秋时节，一架枯黄，只有几根嫩枝在风中扇动金黄的手掌。爱默生晚年很多时间在这个房间度过，他深受记忆力衰退的折磨，忘记了很多的人和事，也想不起合适的词语来表达自己想说的话，这让一直以风度翩翩、能言善辩、有着伟大思想的形象出现在公众面前的爱默生觉得羞辱难堪，遂终日闭门不出。

二楼的儿童房里，最抢眼的是一个巨大的玩具小屋，不是小孩子过家家用的尺寸，有半人多高，居家用的橱柜那么大。别人家小孩子的玩具屋表现郊区一个中产家庭里的陈设与生活，爱默生的女儿艾伦和伊迪斯的玩具屋要表现的是整个波士顿。这个巨型玩具屋是擅长木工活的梭罗给孩子们做的。梭罗比爱默生年轻 14 岁，在孩子们眼中，他更像个大哥哥。每次梭罗过来，孩子们听到他的声音，都会从楼梯上飞奔而下。

从二楼下来的楼梯间，有一张红色绒布面的椅子。爱默生每个礼拜天去教堂都迟到，他说因为找不到手套，梭罗便搬了一把椅子放在楼梯间，专门放手套用。爱默生的帽子和手杖挂在楼梯背后，这样他总能取了帽子和手杖一转身就找到爱失踪的手套。手套问题得以解决，但爱默生去教堂迟到的问题并没有解决。这不奇怪，爱默生去教堂迟到的根源是他对宗教的迟疑。他说："上帝的替身走了的时候，真正的上帝就来了。"1838 年 7 月 15 日，哈佛神学院邀请爱默生去做毕业演讲，他直言"一旦讲坛被一个形式主义者篡夺，膜拜者便受骗上当，闷闷不乐"。这次演讲还在一定程度上解释了他为什么礼拜天去教堂总迟到："现在牧师的安息日已经失去了自然的辉煌，它不可爱。守完以后，我们反而感到高兴，我们甚至坐在自己的长椅上就能为自己守一个好得多、神圣得多、甜美得多的安息日，而且就是这么做的。"演讲之后，他被指责成无神论者和青年思想的投毒者，此后的30年，他没收到过哈佛大学任何的演讲邀请。与仪式化了的宗教和失去了本真面目的上帝相比，爱默生更重视个人。他的散文所涉内容庞杂，所有的内容他自己一言蔽之，即"个人的无限性"。"世界等于零，人就是一切。你身上有一切自然的法则，你身上沉睡着全部的理性。"

爱默生出生在一个牧师家庭，祖父和父亲都是牧师，他对教堂远没有对自然的热情大。在他眼中，每个自然物，如果观察得当，都展示了一种新的精神力量。爱默生取下他的手杖，往西北走是去教堂。他更喜欢穿过后院的草坪，沿着林间小道，一路向南，径直走到瓦尔登湖。爱默生去自然里与上帝相遇，而不是去教堂里。他说："我们对自然有多陌生，与上帝就有多远。"

爱默生对自然不乏温情的表白："站在空地上，沐浴在快乐的空气中，我仰头望向无尽的天穹——所有狭隘的自我消失了。我变成一个透明的眼球。"更多时候，他更强调自然对人类精神的映射、对人类道德的影响，自然是上帝与人类的传话人。上帝创造云朵、海洋、树木等任何自然物时，旁边都有一个巨大的理念存在。这也让他锦句连篇的散文像一块块坚硬的思想晶体。

爱默生在自然里思考，感受到一种思想的美感，而后生出爱。梭罗对自然是无条件的爱，哲思不是目的，是爱的附属。这种附属地位并不抵消其深刻性。爱默生坐在书房里写："那无言的树木开始说服我们跟它们一起生活，放弃那种郑重其事的烦琐生活。"梭罗却搬进了森林。

爱默生写："对智者来说，自然绝不是一个玩物。鲜花、动物、山峦愉悦了他纯真的童年，也映射出他睿智的盛年。"对梭罗而言，自然与他相互愉悦，彼此映射。

"我对自然毫无敌意，只有童稚的爱。我就像玉米和甜瓜一样，在温暖的晴日里生长。"——爱默生在《论自然》里写的，怎么都更像梭罗口中说出的话，这样的话在《瓦尔登湖》里俯拾即是。爱默生与思想深邃又饱含爱心的农夫是同类，梭罗的同类是豆子、黄栌、野鸭、赤松鼠。（梭罗受到的最严厉的批评怕是有人认为他的主张是要人类退化到土拨鼠似的生活，这话不完全错，像土拨鼠一样的生活不是问题，需要好好辩论的是：人类“静静的绝望的”生活是不是比土拨鼠的更为高尚？）

从爱默生家的后院，经过磨坊小溪、仙境湖、布里斯托山冈，过瓦尔登路和麻省 2 号公路，进入瓦尔登湖州辖保护区，穿过林地，可到达梭罗建在瓦尔登湖边小木屋的遗址。这条近 3 公里的林间小路是爱默生和梭罗常年散步的地方。镇政府在这条路上设置了“爱默生－梭罗步道”的圆形路标。梭罗在夜间迷路的时候，放弃用眼睛寻找，用手和脚探路，摸着熟悉的树枝走回家去。现代人，借助路标。

徒步去瓦尔登

从爱默生家的后院出来，走过一块大绿地，就到了一片金色树林的入口。秋天的树木是会发光的。踩在小道上，枯叶发出飒飒的响声。走不多远，地表变得潮湿起来，有的地方铺设了木板。步道旁长满了柳叶菜、水金凤和乔派草，春夏季节来这儿想必会满眼繁花；现在只有香蒲，举着棕色的毛蜡烛，有的裂出白絮。一座秀气的木板桥横跨在磨坊溪上。

沿着步道经过康科德冰厂，进入哈珀古德·赖特公共林地，先是明亮的椴树和枫树林，转过一道弯，树林突然变暗，视野被笔直修长的古松占据。不时看到林间有人用树枝搭了简易营地，蘑菇遍地都是，像野花一样从地上冒出来，顶开覆盖在其头上的落叶。出了松林不远是仙境湖。很多第一次走这条步道的人透过树木的枝叶看到湖水时误以为是瓦尔登湖。梭罗曾带着爱默生家和奥尔科特家的孩子们在这一带采浆果。梭罗是浆果专家，他知道哪里能收获丰富的黑莓、木莓和越橘。年轻的梭罗为谋生做过不同的尝试，他总结为一些“可悲的经验”，尝试失败后，就严肃地想“还不如去拣点浆果，这我自然能做到，那蝇头微利对我也够了——因为我最大的本领是需要极少”。他住在瓦尔登湖边的两年多时间，常会上山饱餐一顿浆果，还摘一大袋子拎回木屋，接下来几天继续食用。

镇上的老居民说，仙境湖本是个无名小湖，这叫法始于梭罗。梭罗曾对附近林肯镇的弗灵特湖之名颇有微词。弗灵特是湖主人的名字。梭罗认为用一个污秽愚昧的人来命名是玷污了湖泊，不如用湖里的鱼、湖上的飞鸟或湖岸边野花的名字来命名。梭罗对农人没有敌意，他不满的是弗灵特对这个湖唯一的兴趣仅在于一张地契，如果湖底的淤泥可以卖钱，也愿意掏干湖水，这种不洁的欲望诅咒了整个湖岸。他与瓦尔登则是共同生活，各自的生命和灵魂互相交织。仙境湖比瓦尔登湖小得多，抬头便尽收眼底。水上零星漂浮着睡莲叶子，湖岸的树木华丽如火焰。湖水宁静清澈，天上的云和岸上的树倒影清晰，几片落叶飘到水上，激起圈圈水纹，湖面变出了一幅“莫奈”。

沿仙境湖岸边的小道向布里斯托山冈走，有一个写着布里斯托泉的地方。梭罗上午在地里劳作，中午会到这个泉水边，坐在树荫下休息一两个钟头，吃午餐，再读会儿书。他在这些林地或走或坐，或阅读或思考，或什么也不做，自在得像在自己的园地。早年间，他在康科德和附近的村镇有目的地走来走去，想买一块自己的田地。他相中一个叫霍尔威尔的地方，钱都付过了，开始选种，找来木料准备做独轮车，原来地主人的妻子突然反悔，要赔给梭罗十块钱，把地再买回去。梭罗没有收钱，将田地以同样的价钱又卖给了他们。一分田地没有，他反而轻松了，因为那地方的风景他“每年都得到丰收，却不需要独轮车来载走”。唯一的一次“失足”让他醒悟“执迷于一座田园，和关在县政府的监狱中，简直没有分别”。我沿着梭罗散步的路径，能体会到他行走在这些不属于自己的林地时感受到的空前的自由与满足。梭罗从来没有过一种严格的隐居生活，他时常经由这条小路回到村镇，有时候买东西，有时候仅为听听村子里无止境的闲话。他说每个村子都是一个新闻编辑室。

19 世纪时完整的步道如今被公路隔断，从布里斯托山冈走出来，要穿过瓦尔登路和麻省 2 号公路才能把林间小道接续上。进入瓦尔登州辖保护区，一块写着“梭罗的豆田”的牌子立在林间空地上。没有牛马、雇工，也没有好的农具，只有一把斧子一柄锄头，梭罗“工作得特别慢，也因此跟豆子特别亲”，他把这卖力而自尊的劳作比作一桩赫拉克勒斯的小小劳役。他翻地、播种、锄草、补苗，还有一项重要的工作——驱赶土拨鼠。他眼见土拨鼠肆无忌惮，像松鼠一样坐在他的地里，大嚼豆荚。有一只估计将他的豆子们蹂躏得过于悲惨，梭罗一怒之下把它捉住煮了吃了。

梭罗写道：“我为什么要种豆呢？只有天晓得。整个夏天，我都这样奇妙地劳动着——在大地表皮的这一块上，以前只长洋莓、狗尾草、黑莓之类，以及甜蜜的野果和好看的花朵，而现在却生长豆子了。”从豆田边经过，一不小心就看漏了那个小小的牌子。豆田早已无法辨认。梭罗长满豆子的田地又回复到它的前身，只长甜蜜的野果和好看的花朵，豆苗只是过客，它们才是永恒的主人。

离了豆田深入林地，碰到一条小蛇、三只野火鸡。不知梭罗当年在树林里有没有碰到这种巨型鸟，它们并不怕人，在距离我不远的地方淡定觅食，头也不抬，让人随意打量它们圆滚滚的侧影和鲜红的脖子。这片林子里很多橡树，脚下总踩着橡子，避也避不开。梭罗的很多食物直接取自森林，似乎不见他有吃橡子的记载。他了解中国的孔孟，不了解中国还有橡子豆腐。

爱默生－梭罗步道的尽头是梭罗在瓦尔登湖边所建的小木屋的遗址。梭罗写道："1845 年 3 月尾，我借来一柄斧头，走到瓦尔登湖边的森林里，到达我预备造房子的地方，开始砍伐一些箭矢似的、高耸入云而还年幼的白松来做我的建筑材料。"他砍了些爱默生的树做建筑材料，也从村民那儿买些木板、木条、旧砖、钉子、铁片等，并且一项项翔实记录，买材料一共花了 28.125 元，两箱石灰是 2.4 元，后面批注"买贵了"，头发是 0.31 元，后面批注“买多了”。

从现在用石条和铁链围起来的区域可直观地看出这个房子实在小巧。梭罗说它是个笼子，让他与鸟雀做邻居，不是捕到一只鸟把它关起来，而是把自己关进了它们邻近的一只笼子里。

屋里烟囱的基础还在，那些巨大的石块是梭罗用双臂从湖边抱上山来的。烟囱是这个房子最浩大的工程，他春天着手建房，到秋天锄完地以后才完成。这个时机倒也合适，再不把生火的地方弄好就该挨冻了，新英格兰的冬天可不是儿戏。有木板房，露宿的问题解决了，但还需风餐。没有烟囱的半年，他的厨房是全露天的。他并不以此为苦，看他自己的叙述，自在得很：“我一大清早就在户外的地上做饭：这一种方式我认为比一般的方式更便利、更惬意一些。如果在面包烤好之前起风下雨，我就在火上挡几块木板，躲在下面凝望着面包，便这样度过了若干愉快的时辰。那些日子里我手上工作多，读书很少，但地上的破纸，甚至单据或台布，都供给我无限的快乐，实在达到了同阅读《伊利亚特》一样的目的。”

我绕着小屋的地基走了一圈，并没找到一棵巨大的栗子树。爱默生进树林只拿手杖，只有梭罗会在肩上扛一只布袋，手上提根棍子，进山打栗子。他捡地上自然掉落的，也拿棍子敲打，有时爬到树上去摇晃树枝。被鸟雀和松鼠吃掉一半的也被他收入布袋。一颗栗子，鸟吃一半，他吃一半。梭罗在书里写他的小屋后面有一棵栗树，树荫盖住整个小屋，因为是附近仅有的一棵，产量不大，梭罗便把它留给松鼠和鸟雀，自己去远处全是栗树的森林里采集。

按梭罗的说法，他的房屋最美好的一间是完整保存下来了的，不是地基上的那间，是屋后的小松林。只有尊贵的客人来了，他才会带他们去那里畅谈，仿佛“有一个可贵的管家已经打扫好地板，抹拭好家具，一切都井然有序了”。

新英格兰地区像瓦尔登这样的湖泊星罗棋布，公路绕湖而修，白天不打眼，除非湖岸近在路边，人能穿过一层薄薄的树林屏障看见湛蓝的湖水，晚上就清楚得多了，依然看不见湖，但车行在路上，突然有一段厚白的雾气横亘在路中央，那段路的附近一定是个湖泊。但瓦尔登就是瓦尔登，唯一的瓦尔登。木心说《瓦尔登湖》书是好书，湖一般，不值得一看。瓦尔登湖好不好，木心说了不算。我只要路过附近，总会拜访这个湖。湖泊离公路最近的入口有时会显嘈杂，一如所有声名在外的风景，只要偏离核心区一点点，宁静便唾手可得。慕名而来的大多数人，连沿湖走到木屋处的耐心也没有，他们在入口处拍拍照，玩玩水，便驱车驶离了。梭罗住在这里时，每天很早起来在湖中洗个澡，他说这个举动充满宗教意味，是他一天中做得最好的一件事。“黎明带回了英雄时代”，让他觉得自己与自然一样简单，一样纯洁无瑕。泡在水中嬉戏的游人，让人联想不到神圣。瓦尔登于梭罗是一潭圣水，于他们是个澡堂子。

我第一次来瓦尔登湖，见证了湖边人流滔滔的场面，这没让湖泊给我留下什么坏印象，就像八达岭人满为患怨不得长城。如果将车停在附近的停车场，这个入口是必经之路。停车场旁边有梭罗小屋的复制品，直观展示着屋内的陈设，与书中所述无异。尽管是复制品，仍让人觉得眼见为实。这一次我们把车停在康科德法院的院子里，步行到爱默生故居，从那里出发，走爱默生和梭罗曾经的老路，步行到瓦尔登，先到木屋遗址，再到湖泊。以书中所述和之前所见木屋复制品为参照，看一眼地基便知烟囱在哪儿、床在哪儿、书桌在哪儿、椅子在哪儿。

木屋里有三张椅子，主人“寂寞时用一张，交朋友用两张，社交用三张”。这三张椅子摆放的地点会变化，看来者何人，谈论何话题。梭罗是有精神洁癖的人。如果是无意义地喋喋不休，或高声讲些康科德的闲话，离得近些，彼此嘘气也无妨；如果室中人言谈富于思想，干净而简洁，椅子得挪开些，以便说话者“动物性的热度和湿度有机会散发掉”。

梭罗搬到树林，不为隐居，而是要过一种斯巴达似的生活，去掉一切浮饰、非生活的东西，只面对生活的基本事实。对于这样的生活，木头才是必需，一切布艺的用品都显得多余。他没有窗帘，他说：“除了太阳月亮，没有别的偷窥者需要关在外面，我也愿意它们来看看我。”有一位夫人要送他一张闲置的地席，梭罗没有给它找到合适的位置，也不愿意花他与自然相处的宝贵时间打扫它，他说：“我宁可在我门前的草地上揩拭我的脚底。罪恶开始前就应该避免它。”桌布更是没有的，坐在新砍伐的松香清透的松枝上吃报纸包着的牛油面包，或者在越橘树下饱食浆果的人是用不上桌布的，若不是因为读书写作的缘故，那张旧桌子也显多余。

东西少，打扫方式就显得尤其阔绰。梭罗把所有的家具搬到房子前边的空地，在地板上洒水，再洒上湖里的细沙，用扫帚将地板刮干净，再等着清新的湖风把它吹干。他站在核桃树和松树中间颇有兴致地观赏自己的家具，仿佛是它们的同类。这些家具都不愿意再搬回去了，乐意这样悠闲地晒着太阳、吹着风。

这个自视与一棵松树无异的木屋，仍吸引来往者的注意。当地的农人、伐木工经过，看到梭罗在，就过来跟他闲聊一阵。如果是旅行家（他是瞧不起旅行家的，认为他们游走在生活表层，永远只获取到二手的知识），想看看这个房子和这个住在树林深处的人，不知怎么开口，便装着借口水喝，梭罗用手指湖，说自己是从湖里喝水的，如果需要倒是可以把勺子借给他。有的访客他连照面也没打过。梭罗出去一天，回到家时看到有时候是束野花，有时候是常春藤花环，有时候是写了字的树叶或木片。他知道这些不常进入森林的人常把森林中的小玩意儿一路拿在手里玩，不知什么时候就丢下了，他有兴致时还会猜测一番访客的年龄、性别、性格。这种淡淡的与人的交往，远不如他与一棵树或一堆火的交往有意义。他常常在积雪之中跋涉大约 16 千米，“专为了践约，和一株山毛榉，或一株黄杨，或松林中的一个旧相识”。他在出发之前，会把火烧得旺旺的，添足了柴，几个小时后回来，火炉里仍冒出熊熊火焰，让他觉得出去之后，留下的不是空房子，而是有“一个愉快的管家妇在后面”。麻雀停在他肩上，松鼠抄近路踩了他的脚背，它们把他当成了森林的一部分。

秋天的湖水退了些，沙滩宽阔，还有一条长长的沙洲露出水面，两个孩子在上面光着脚跑来跑去，垂钓者坐在水边，冲锋衣的帽子遮住了脸。一张蓝色的皮划艇颜色与瓦尔登相近，像一道移动的湖水。划艇者是懂得船夫梭罗的人，划两下就把桨抬起来搁船上。梭罗年轻的时候坐在简陋的木船上，随波逐流，打着盹儿，船撞上湖岸了，一睁眼，看命运把他推到了哪一个岸边。

我沿着沙洲再往前走了一段，在一个小湾的尽头调转头原路返回。过了那道湾再往前，就是湖泊入口处游泳和洗脚的人群了。

霍桑又回来了

1852年当霍桑从布朗森·奥尔科特手里买下莱克星顿街边的房子时，康科德的闲话中流传着那个性格内向的作家又回来了，也有记忆力好的说那个不爱惜人房子的住客搬回来了，他们家又添了两个孩子了，搬走的时候还只有大女儿乌娜。

霍桑第一次搬到康科德是在10年前，位于纪念碑路，是爱默生的祖父威廉·爱默生牧师亲手建的房子。霍桑与妻子索菲亚在波士顿举行完婚礼后下午搬到了康科德。这个房子里最先住着爱默生一家，威廉·爱默生在独立战争中参加大陆军，刚从家抵达战场就病逝了。爱默生的奶奶后来与康科德牧师艾孜拉·里普利结婚。1811 年，爱默生 8 岁生日的两周前，父亲在波士顿因胃癌去世，奶奶和里普利把几个孩子接到了康科德与他们住在一起。

霍桑的房东是里普利的长子塞缪尔·里普利。得知一对新夫妇要搬到这个房子里，之前因为艾孜拉·里普利去世后房子空了一年，久不住人，需要扫洒，邻里的妇女都来帮忙打扫房间，整理花园，其中有露易莎·梅·奥尔科特的母亲和梭罗的母亲。田园荒芜，没有蔬菜，梭罗给他们在房子前面开了一个菜园子作为新婚礼物。这个菜园子现在仍在，由当地一个公益组织的志愿者种着，所获的有机蔬菜捐给缺少食物的人。我去的时节玉米收获过了，空空的玉米秆枯在地里，南瓜地里只剩下几个收获者看不上眼的歪嘴瓜，两畦萝卜和蒜苗倒是长得青翠可喜。

霍桑搬了进来，开始了他人生中最欢乐的三年时光。一楼挨着厨房的餐厅是索菲亚的画室，她有时给人画画装饰房间，以补贴家用。画室的窗户正对着外面的树和草地，仔细看玻璃上有细细的小字，是索菲亚用钻戒刻写上去的。霍桑发现了这一游戏，也加入进来，跟妻子轮流用钻戒在房东的窗户上写些短句子。索菲亚喜欢外面的那些树，冬天的冰雪盖在树枝上，她说那些树是她窗外的水晶灯。霍桑 1842 年 9 月 1 日的日记中写前一天梭罗来此与他们共餐，两人相识的时间并不久，但他对梭罗的了解已经称得上透彻。他惊讶于梭罗面对自然时知识之广博和观察之敏锐，“自然待梭罗像对待一个特殊的孩子，对他敞开的很多秘密别人是无缘以见的”；又写较之所谓文明人的生活，梭罗更认同印第安式的简朴方式。

房子里有一只鹰的标本，栩栩如生，躲在小客厅角落里一个橱柜上，黑暗中突然看到那双贼溜溜的眼睛，并不是什么愉快的体验。战争时期哈佛大学搬到康科德，房子原来的女主人塞缪尔·里普利的妻子莎拉自学五种语言，懂天文学，曾给哈佛大学的学生辅导功课。学校搬回波士顿时，实验室落了一个鹰标本在这里。霍桑租下房子，见到这个宝贝喜欢得不得了，赐名朗费罗。取他的朋友，诗人和翻译家亨利·朗费罗的名字。索菲亚却不喜欢，她觉得无论走到这个房间的什么地方，那只鹰的眼睛总是跟踪着她，诡异得很。霍桑出门时，索菲亚就把鹰藏起来，霍桑回来之后便满屋子找，找到了又摆回去。

二楼挨着主卧室的一间房是霍桑写作的地方，也曾是爱默生写作的地方。爱默生的第一任妻子艾伦婚后没几年就去世了（爱默生长女取名艾伦是为了纪念她），爱默生几乎崩溃，回到康科德这个老房子里，并开始写作。1834 年，他在这个房间写下超验主义运动的奠基之作《论自然》的初稿。有趣的是，爱默生喜欢在窗边写作，自然给他激励与启发。而在霍桑看来，阳光也好，树木也好，鸣禽也好，通通都是打扰，于是他背朝窗户，面向墙壁写作。两人性格迥异，一起散步时，也总是爱默生讲，霍桑听。写作室的窗户上也有钻石的刻痕：“纳撒尼尔·霍桑，这里是他的工作室，1843”，“人类的意外是上帝的安排”，等等。

从写作室的窗户可以看到屋后的康科德河和北桥——美国独立战争中英军和殖民地民兵的首战之地。1775年4月19日，爱默生祖父家的奴隶弗兰克在旁边地里劳作，听到枪声，跑回屋告诉爱默生祖母和孩子们躲避，一家人躲在二楼这个房间，可以清楚地看到战事。索菲亚则写过她在房子里看爱默生、梭罗和霍桑在冬天的康科德河上滑冰，霍桑英姿飒爽，爱默生已显出老态，其实两人仅相差一岁。不知索菲亚所述是否准确，还是有情感干扰判断的嫌疑，仅从三个人的生平和脾性判断，梭罗应该是技术最好的一个，游泳、跑步、滑雪、溜冰，他样样在行。

霍桑在这所房子里写下了《美国笔记》和《古屋青苔》，也给这个房子取了一个沿用至今的名字——牧师之家（《古屋青苔》英文原名 *Moses form an Old Manse*，房子至今名为 The Old Manse，翻译过后看不出原意了)。霍桑搬进来前，这所房子的男主人威廉·爱默生和艾孜拉·里普利都是牧师。短篇小说集《古屋青苔》，有《红字》似的阴郁，黑色的花朵已经开始绽放。为出版这本书，霍桑花了75美金。惠特曼为他鸣不平，称美国的出版界对国内的天才作者如此不公平，忽视他们的创作，而追着那些国外舶来的垃圾跑。

在牧师之家住了三年之后，霍桑和索菲亚毁坏窗户的传言传到了房东耳朵里，加上两人手头并不宽裕，房租时有拖欠，不得不搬回霍桑的老家萨勒姆，他在海关做小职员。萨勒姆就是那个因为猎巫而臭名昭著的地方，阿瑟·米勒据其写了《萨勒姆女巫》，霍桑因为祖上参与过女巫的审判，怀着一颗忏悔和渴望救赎之心写下了《红字》。

霍桑在萨勒姆住了几年又先后到了雷诺克斯和巴克夏，都没有在康科德的时间愉快，终于于1852年回到康科德，花1500美金买了自己的房子。原来住在这儿的奥尔科特家给房子取名“山边小屋”，霍桑觉得名不符实，改成了“路边小屋”。房子距离爱默生家步行大约10分钟的路程。与爱默生的交际广泛不同，霍桑并没有多少朋友，但仅有的几个亲密无间，比如他用来给鹰取名的亨利·朗费罗，还有美国第14任总统富兰克林·皮尔斯。霍桑一家在“路边小屋”只住了一年时间，1853年，富兰克林·皮尔斯当上美国总统，给他在美国驻利物浦领事馆谋了个差事，一家人便搬到了英国。富兰克林·皮尔斯被认为是美国历史上最没有成就的几个总统之一，他解决得一塌糊涂的关于奴隶制和南北分裂的问题，成就了他的下下任——伟大的林肯。总统4年期满以后，霍桑也在利物浦卸了任，随后在欧洲游历，直到1860年回到康科德。

“路边小屋”除了主体建筑，还有个谷仓，现在是访客中心，在霍桑买下房屋之前，是奥尔科特家小姑娘们表演话剧的地方。值得一提的是，露易莎·梅·奥尔科特在这里写下第一本书《花朵的寓言》，里面的故事本来是为爱默生的女儿艾伦编的。

客厅里装饰有霍桑从欧洲带回来的大理石，爱默生和梭罗曾是这里的常客。霍桑与爱默生的关系微妙，索菲亚记录，爱默生每次来他们家都要把霍桑带走，散着步聊着。但爱默生对小说没有兴趣，在日记里写霍桑的创作于任何人无益，霍桑也写他参加讲座毫无收获，爱默生先生演讲的门票最好还是让给别的能从中获益的人。公开场合，二人对彼此不乏赞赏之辞。

在欧洲期间，霍桑旅行到意大利的托斯卡纳，喜欢当地的塔式建筑，便想在自己的屋顶也修建一个。他在“路边小屋”加盖了第三层，称之“天空客厅”，那里是他的写作室。霍桑高高的写字桌放在窗户边（他站着写作），像他在牧师之家时一样，仍然是背对着窗户，尽管窗外风景优美，当时天气好时可以看见远处的瓦尔登湖。这个浪漫的写作间使用率并不高，冬冷夏热，多蚊虫，而且霍桑在此居住的最后四年，健康状况像他的财务状况一样糟糕。

奥尔科特家的小莎士比亚

1857 年布朗森·奥尔科特在莱克星顿大街买下“果

园之家”，一家人终于有了一个固定的居所。之前的30年，奥尔科特家搬了20多次家。这处房产除了有两栋18世纪的房子（布朗森后来把它们连了起来），还有约5公顷的林地，包括一个大苹果园，“果园之家”由此得名。现在屋旁的空地、门前的马路边曾经都是苹果树。

在“果园之家”走一趟就像走在《小妇人》里，奥尔科特夫妇是小说中的马奇夫妇，四个女儿安娜、露易莎、伊丽莎白、梅分别对应小说里的梅格、乔、贝丝、艾米。现实中的奥尔科特家比马奇家清贫，布朗森的教职断断续续，姑娘们给人做裁缝、佣人、家庭教师补贴家用，但一家人的精神生活却很丰盛。

布朗森是自学的典范，孩子们也都在家上学，只有小女儿梅去过学校。布朗森喜欢在餐厅里给孩子们读书，读得最多的是《圣经》及莎士比亚和狄更斯的作品。姑娘们写日记，父母不仅看，还写评语。母亲曾在露易莎的日记上写“有一天，你会成为我的小莎士比亚”。露易莎爱写剧本，排练后给全镇的小朋友表演。在“果园之家”，小观众们坐在客厅里，紧挨着客厅的餐厅是后台，演员们从那里上场。奥尔科特家的女孩子们跟霍桑家的孩子经常一起玩耍，大人之间却没那么亲近，霍桑的性格古怪，不可捉摸，布朗森说“没人能跟他说得上话，除非是个意外”。

奥尔科特家的姑娘最有艺术才华的除了二女儿露易莎，还有小女儿梅。梅的早逝，让她并没留下太多作品。住在“果园之家”的时候，有个叫丹尼尔·弗伦奇的小男孩常来家里玩，梅教他用黏土捏东西。小男孩后来成了雕塑大家，林肯纪念堂的林肯坐像、哈佛大学校园的哈佛像等都是弗伦奇的作品。

布朗森是个开明的父亲，他在有限的家庭条件下尽可能让姑娘们的才华得到施展。露易莎爱写作，他就在她房间两窗之间建了个圆形的小木桌，露易莎文思泉涌的时候在那儿从早写到晚，左手右手换着写。梅爱画画，布朗森允许她在墙上、窗户上等一切梅觉得合适的地方练习。露易莎喜欢猫头鹰，梅在露易莎房间的壁炉上画了只猫头鹰，墙上挂的画作中也有一只猫头鹰。梅的房间窄而长，墙上到处是她练习的画作，主要是天使和圣经故事。要是做游戏也是由着她们的性子来。几个姑娘还小，一家人住在“路边小屋”的时候，一人背个小背包，拿着树枝手杖，将自家楼梯当成“朝圣之路”。

1862年，美国正值南北战争期间，布朗森已经60多岁无法参加军队，露易莎代替父亲去华盛顿特区当志愿者护士。第二年年初，因为生病，父亲把她接了回来。露易莎将这段经历写成《医院素描》一书，这本书引起了出版人托马斯·尼尔斯的关注。1868年他邀请她写一部200页上下关于女孩子们的书，露易莎本想出个短篇小说集，对这个派给她的活儿没有兴趣，便拒绝了。尼尔斯说先写那一本，短篇小说集以后再说，父亲布朗森也催促女儿接下这个任务，露易莎不情愿地同意了。第二年《小妇人》出版，让作者和出版人都觉得意外的是，这本书大获成功。露易莎的境况有点像J.K.罗琳，突然有钱了，还清了家庭债务，还能供梅去欧洲继续学习艺术。

露易莎终生未婚，也没有明确的恋爱关系的记录。她在 1883 年的一个采访中说：“我几乎可以确信，我女性的身体里面有一个男性的灵魂，我爱上过很多漂亮的女孩子，却从来没有为一个男人动过心。”她早年在瑞士时遇见过一个年轻的钢琴家维希涅夫斯基，对其倾心，他是后来《小妇人》中劳瑞的原型，弹钢琴、有欧洲背景、爱恶作剧，处处有维希涅夫斯基的影子。梅 1879 年去世，露易莎把梅的女儿露露接过来抚养了八年，直到她去世，露露回到欧洲。

露易莎一生陪伴父亲，她的生日与父亲是同一天。母亲去世后，父亲睹物思人，不能再在“果园之家”住下去。露易莎买下了康科德主街 255 号的房子，带父亲搬了过去。梭罗一家曾住在这里，现在这个房子名为“梭罗 - 奥尔科特”之家。父亲去世后的第二天，她也随他而去。露易莎曾说：“我从未想过离开，不是害怕，最难是离开你们，即使我身处天堂，也会想家。”

“果园之家”旁边比主屋高出一点的房子，布朗森最开始取名“山边小教堂”，从 1879 年到 1888 年用作他所创立的康科德哲学与文学学校。布朗森自己讲课，组织讨论，还请别的演讲嘉宾。尽管他的教育理念受到争议，教育是他穷其一生的理想，女儿们是他教育出的最好的学生。

晨风永远在吹

爱默生、梭罗、霍桑、布朗森·奥尔科特无数次围坐在某个人家里的书房或餐厅，“各自讲出自己的思想，像把木片晒干那样”。这种群星璀璨的情形在美国历史上并不多见。

离开康科德的清晨，我们去了睡谷公墓。沿着“作家山脊”指示牌找过去，最先找到的是爱默生的墓，一块造型奇特的花岗岩，立在妻子莉迪亚和女儿艾伦墓碑的中间。

霍桑、奥尔科特、梭罗的家族墓地在一起。梭罗的墓碑非常不起眼，只刻了“亨利”。来拜访他的人放了一些笔和松果在墓碑附近。梭罗 1862 年因肺结核去世，爱默生为他致悼词。（在此之前，肺结核已经先后夺走爱默生的弟弟爱德华和查尔斯，以及他的第一任妻子艾伦的生命）两年后，霍桑去世，爱默生为他护送灵柩。

爱默生在悼词中写没有比梭罗更纯粹的美国人，说他如何具有常识，有着如何丰富的自然知识，如何用科学的方式测量、研究自然。爱默生记录了一些细节，比如：他收获了橡子，梭罗教他用水泡一下，就能将好的和坏掉的橡子分开；梭罗徒步，重重摔了一跤，伤了脚，说的第一句话是："那就是山金草。"爱默生还夸奖梭罗坚定的废奴主义主张。废奴主义者约翰·布朗被捕后，梭罗通知全镇的人，他要在周日晚发表抗议演说，共和党委员会和废奴主义委员会都提醒他此举不可取，梭罗回复："我只是通知你们我将要发表演说，并没有征求意见。"关于梭罗在文学上和思想上的成就，爱默生没怎么提及。有人批评这篇悼词低估了梭罗，而在爱默生眼中，或许梭罗至死都是一个学徒。

霍桑和索菲亚刚搬到康科德的时候，镇上还没有将这块地用作墓地的打算，这个山冈是人们野餐的地方，霍桑夫妇也常来，他们甚至想在这里建一座城堡。霍桑与好朋友富兰克林·皮尔斯去新罕布什尔山中旅行，在酒店里去世。之后索菲亚带家人搬到了新英格兰，直到去世。墓地被移回康科德已是很多年后的事情。

露易莎·奥尔科特的墓碑躺在松针和橡树叶子中间，写着“美国老兵”的五角星纪念她在南北战争中的工作。

秋天的睡谷墓地，空气清凉，视觉上却是温暖绚丽，树像直立的华美花束。这片野餐的山林已经扩张成一个广阔的墓园，时间在此败露了痕迹。梭罗说“晨风永远在吹，《创世记》的诗篇至今没有中断，可惜听到它的耳朵太少了”。

（2016 年 11 月 17 日）

张伯驹，北京文化的传奇

靳　飞

北京不一定是张伯驹最喜欢的城市，却是他一生中居住时间最久的城市，他在北京留下刻骨铭心的记忆，他也最终成为这座城市的传奇。

从天津到北京：青春期一腔政治抱负

张伯驹，清光绪二十四年正月二十二日即1898年

2 月 12 日出生于河南省陈州府项城县秣陵镇阎楼村，谱名家骐，字伯驹，后以字行。

张伯驹对于故乡项城有着一种近乎执拗的精神认同，事实上他在故乡生活的时间很短，6 岁时就北上滦州依嗣父即其伯父张镇芳夫妇居住，他的故乡记忆与情感都是贫乏的。

如果只从情感方面而言，张伯驹心里排在首位的城市应该是天津。张伯驹刚到滦州，张镇芳便因直隶总督兼北洋大臣袁世凯奏保，以候补道指分直隶试用，全家移居到天津。

张镇芳生于清同治二年十二月二十八日即 1864 年 2 月 16 日，字馨庵，号芝圃。他于光绪十八年（1892）考取壬辰科第三甲第九十一名，赐同进士出身，签分户部任职陕西司主事。袁世凯督直后，张镇芳以同乡兼姻亲关系附袁，获委长芦盐务重任。张镇芳亦长于理财，在其任职期间，长芦盐税高达直隶岁收入的三分之一，成为袁氏在直隶推行新政的最重要经济支柱。张镇芳由此跻身袁氏北洋军事政治集团中坚，光绪三十二年

（1906）得以擢署从三品长芦盐运使，宦囊甚是丰厚。

张伯驹随张镇芳夫妇来到天津之际，天津正在袁氏新政督导下进行着一场规模浩大的城市改造，城市改以新落成的老龙头火车站为经济中心，铁路运输代替传统的漕运，城市面貌焕然一新。张家所居的东马路南斜街及张镇芳位于南门内东侧的盐运使衙门，恰处在新兴商业街区的核心地带。幼小的张伯驹从偏僻闭塞、物产不丰的项城小县，骤然置身于开放富庶、秩序井然的近代崛起的大都市天津，转瞬间物转星移，这种强烈刺激足以令张伯驹终生难忘。在天津的崭新环境中，拥有盐运使贵公子新身份的张伯驹，度过了他的无忧无虑的“松墨涂鸦，竹枝戏马”的童年与少年时代。天津生活的温馨记忆，在张伯驹心中始终有着特别的意义。

张伯驹第一次到北京是在10岁左右。他改口称为叔父的生父张锦芳出任新组建的中央度支部的郎中，张伯驹来京省视亲生父母。这时的张伯驹还没能意识到他日后的命运将与北京紧密关联，他对北京的最初印象中最深的是致美斋的抓炒鱼味道极美。岂料此后的十余年里，张伯驹全家又在北京饱尝到人生的苦涩。

清宣统三年（1911），张伯驹的青春期方要萌动，时代先行发生巨变。轰轰烈烈的辛亥革命与卷土重来的袁世凯内外夹击，结束了大清帝国的统治，中国历史进程出现天翻地覆的重大转折。作为新创建的中华民国开国功臣，张镇芳受大总统袁世凯分封为河南都督兼民政长，统揽河南军政大权。张镇芳为报新君之恩，积极致力于要把河南建设为拱卫袁氏政权之“江东”，而且还计划组建北洋集团“豫系”作为袁大总统的江东子弟兵。张伯驹也在父亲所筹划的这盘政治棋局中被安排投笔从戎，进入开封的河南陆军小学堂读书，目的即是将来可以成长为“豫系”将官。然而事与愿违，张镇芳督豫仅仅两年余就被罢职调京，原因除镇压农民起义不力以外，其“豫系”主张颇犯日益坐大的段祺瑞等北洋诸将之忌，亦有为段祺瑞等所排挤的因素在内。作为张镇芳督豫的一个纪念，有的版本把张伯驹列为“民国四公子”之一，张伯驹所凭借者，即是其曾贵为“中州第一家”的资历。

张镇芳调京后政治上犹未死心，他将张伯驹送入袁世凯亲任团长的陆军模范团受训，仍是要张伯驹在军事上有所发展；张镇芳则谋求重掌北洋财权，他的办法是，在 1915 年 3 月 26 日创设盐业银行，想利用官商合股的商业银行模式，把政府主要收入的盐税控制在自己手中。遗憾的是，很快袁世凯称帝失败身亡，张家父子失去政治靠山，不仅各种幻梦俱成泡影，而且因为政治对头段祺瑞上台执政，张家面临倾覆大患。危急中张镇芳忙不迭投靠握有重兵的张勋，却一下子踏入复辟泥潭，张镇芳被抓捕入狱，盐业银行也被属于段祺瑞皖系势力的吴鼎昌趁势夺取。

张家遭遇大劫，年方 20 岁的张伯驹被突如其来的变故推到风口浪尖，为那些觊觎其家资的政客们玩弄于股掌之上，前后数月就耗去大半资产。张伯驹并不醒悟，在张镇芳被判处无期徒刑旋即保外就医后，他继续在政军两界四处活动，结交张作霖、曹锟等军阀，希图在政治上有所作为。1921 年 2 月 1 日，在张作霖干预下，盐业银行重新推举张镇芳为董事长，稍晚补张伯驹为监事。虽然张氏父子仍无领导权，但总算挽回些面子，并在银行领取薪水、参与分红。1924 年 2 月至 3 月间，张伯驹还得到一个陕西督军公署参议的职位，他为之踌躇满志，“余少年从戎入秦，宝马金鞭，雕冠剑佩，意气何其豪横”。可笑的是，张伯驹抵达西安才发现，类似督军公署这样的闲差竟多达数百人，且各有背景，闹得乌烟瘴气，他只好意兴阑珊地匆匆返回北京。

西四弓弦胡同：三十岁开启新的生活

北京自政治强人袁世凯逝后，皖、直、奉三系军阀轮番登场，动辄兵戎相见；自然环境也伴随人祸而恶化，瘟疫、水患等灾难不绝。北京几乎成了最不宜居的城市，生活在北京的人们，莫不感到极大的压抑与恐惧。在这样几欲令人窒息的城市气氛里，张伯驹在 1927 年 2 月 23 日迎来了虚岁 30 岁生日。张伯驹填词《八声甘州》一首，词云：

几兴亡无恙旧河山，残棋一枰收。负陌头柳色，秦关百二，悔觅封侯。前事都随逝水，明月怯登楼。甚五陵年少，骏马貂裘。

玉管珠弦歌罢，春来人自瘦，未减风流。问当年张绪，绿鬓可长留？更江南落花肠断，望连天、烽火遍中州。休惆怅，有华筵在，仗酒销愁。

张伯驹痛定思痛，对自己前30年的人生历程做出深刻反省。在北京这座政治色彩浓厚的城市里，张伯驹决定彻底放弃其政治野心，开启一种属于个人的新的生活。

张伯驹购置了西四弓弦胡同1号的新宅，作为新生活的园地。其宅占地13亩，早年似是清宫南花园一隅，据说隆裕皇太后还曾驾临过；宅中花木扶疏，尤其是正厅石阶左右四株西府海棠开得最好。

张伯驹还为自己的新生活找到新的偶像，就是袁克文与余叔岩。袁克文是袁世凯的第二子，才高，地位高，成就高，在民国初年曾经是相当一部分人的精神领袖，有如“新文化”阵营里的苦雨斋周作人。余叔岩则是“伶界大王”谭鑫培的继承者，民国时期京剧的代表性艺术家，且因身体原因深藏不露，极少参加公开演出，愈为梨园内外所珍视。袁克文与余叔岩所表现出的气质，正如同周作人在《论语小记》里所说的，“中国的隐逸都是社会或政治的，他有一肚子理想，却看得社会浑浊无可实施，便只安分去做个农工，不再来多管”。袁克文、余叔岩与张伯驹等人，即是近现代出现的“隐逸”者，尽管做不得“农工”，但他们改在文化与艺术领域勤勉劳作，矢志不渝，成为出色的“文工”与“艺工”。

张伯驹之走向隐逸，还与发生在他身上的一件奇事相关。张伯驹在那时偶然收藏了两件从清宫流出的康熙帝墨迹，一件是为嵩山峻极宫题写的“嵩高峻极”匾额原件，另一件是为清儒庞垲题写的“丛碧山房”匾额原件。这两件原本甚是寻常的藏品，偏最能勾动张伯驹心事。

在张家最为鼎盛的张镇芳督豫时代，适逢张镇芳五旬寿辰，袁世凯亲赠寿联云，“五岳齐尊，维嵩峻极；百年上寿，如日中天”，所用的正是“嵩高峻极”之典。庞垲“生有至性”，7岁时父亲入狱，母亲忧急而亡，庞垲哀恸欲绝，感动街巷，邻里们相助庞垲将母亲殓葬。张伯驹嗣母智氏，亦正是因张镇芳身陷囹圄而受到惊吓，于1918年7月在天津病亡。所以说，康熙帝这两件墨迹竟然如此切合张伯驹家事，世事弄人，怎能不令他感慨万千！张伯驹从中似乎得到了一种来自冥冥中的指引，从此“前事都随逝水”，改以“丛碧”为号，改弦更张，并正式开始收藏书画，“嗜书画成癖”。

真正地爱上北京，成为一个文化保守主义者

仿佛是为了配合张伯驹的新生活，张伯驹30周岁时，北京城也出现了意想不到的改变。1928年10月国民党改组国民政府，定都南京，改北京为北平特别市。

张中行先生将北京的这次变革描述为一次“小型易代”。伴随着北京的“弈局”变幻，北京的城市人口结构迅速随之变化，那些以“弈局”为业者纷纷南迁而去。作家味橄在《北平夜话》书中描述20世纪30年代初期的北京说：

> 从新都南京来到故都北平，气象是完全不同的。一则是热闹，一则是冷静。……我所感到的北平是沉静的，消极的，乐天的，保守的，悠久的，清闲的，封建的。

这样的北京，忽然就摇身一变，成为袁克文、余叔岩等来自“旧文化”阵营，与周作人等来自“新文化”阵营的两种来路不同的“隐逸”者们共同的乐园。北京在其“北平”时代构筑起市民社会的模板，形成众多的以袁克文、余叔岩、周作人等人物为中心的不同的文化圈子。一时间，北京的生活几乎就是北京的文化，北京的文化几乎就是北京的生活，北京甚至逍遥于近代城市发展轨迹之外，呈现出至今仍为人所迷恋的所谓“老北京”的独特城市魅力。

张伯驹大约也在这个时候真正地爱上北京，认同北京，其标志是，以后他在说到“家”的时候，都是指其在北京的居所了。

张伯驹也参加了许多文化圈子，而且是其中的骨干。1931 年 12 月，他还与梅兰芳、余叔岩、齐如山、王绍贤等在北京虎坊桥组织了“北平国剧学会”，张伯驹担任学会审查组主任，他由此与梅兰芳交为好友。

不过，张伯驹在诸多“隐逸”者中又自有其与众不同之处。张伯驹毕竟年轻，风华正茂，不可能一味地枯坐在“老北京”；那几年中，他游走于天津、上海、南京、武汉等城市之间，眼界大为开阔。他也无法心甘情愿地做一个前朝“遗少”，他甚至是赞成革命的。张伯驹主张革命要分作“动”与“静”两种，“静的革命”，就是指人的内在的革命。张伯驹呼吁人在新时代中必须要从原有根本意识中觉醒，但是，人在觉醒时又切不可忘记原有的好处。原有的好处之最大者，即是“人之所以高于一切动物者，即因其有历史，有回顾”。张伯驹用最大的热情投入到诗词、京剧、书画古董收藏的种种“文工”之中，并非是出于守旧，而是源自其觉醒而又不失本来的新的思想。假如一定要为张伯驹贴上某种标签的话，他绝非一个开口闭口“今不如昔”的传统主义者，而应是一个出现在中国现代的保守主义者。

1933年6月12日，张伯驹嗣父张镇芳在天津去世，张伯驹成为张家名副其实的主事之人，他从父亲那里继承了京津两地数处房产及盐业银行股票50万元。张伯驹以其中30万元留作家用，余下20万元作为他的文化活动经费及个人开支。参照当时的物价情况，曾任中国银行总裁的“梅党”领袖冯耿光，其在北京东四九条34号的宅第原是清谟贝子府，房屋百余间，此时售价仅四五万元；梅兰芳作为超一流的明星，全家每月的开销约在一千二三百元。相比之下，张伯驹仍然十分阔绰，其经济状况应是优于冯耿光等人的。

张伯驹没有把他的资产用于个人挥霍，而是以大部分财力投入到他的书画收藏事业。起初张伯驹的眼力有限，20年代末清逊帝溥仪困居天津，售出部分清宫旧藏，有些以抵押方式送进盐业银行天津行。张伯驹先是以1万元从中购入米友仁的《姚山秋霁图》，后因清宫方面不能及时还款，又把黄庭坚《摹怀素帖》作价5000元留归张伯驹。其实，《姚山秋霁图》颇具争议，《摹怀素帖》则无可置疑，张伯驹主动以巨款取前者而被动接受后者，可见其在收藏领域尚稚嫩得很。

“予所收蓄，不必终予身为予有，但使永存吾土，世传有绪”

然而尽管如此，张伯驹的紧迫感却是日渐强烈起来。这也是张伯驹不同于各种“遗少”之处，他没有沉浸于一家一姓的旧“家国”衰亡的感叹中，而是对已经步入到新的历史进程中的中国始终葆有着他的浓厚的家国情怀。张伯驹发现，越来越多承载着中国历史文化记录的国宝级书画文物陆续流失海外，而乱世间的中国政府竟然置之于不顾。清宫旧藏流散暂且不论，仅是“旧王孙”溥心畬一处，即已将韩幹《照夜白图》、颜真卿《自书告身帖》等数件重宝通过上海古董商售给外国藏家。张伯驹曾为此致函北京主政者，要求予以阻拦，可惜为时已晚。无可奈何之际，为此而深感痛心的张伯驹，决定自己挺身而出，要以一己之力奋力救护国宝。他在《丛碧书画录》序中自陈心迹说：

> 自鼎革以还，内府散失，辗转多入外邦。自宝其宝，犹不及麝脐翟尾，良可慨已。……故予所收蓄，不必终予身为予有，但使永存吾土，世传有绪，是则予为是录之所愿也。

这就是张伯驹毕生致力于中国书画收藏的初衷。

1937 年这一年，张伯驹虚岁 40 岁，他接连迎来了对他的人生产生重大影响的三大喜事，掀起张伯驹人生的高潮。

第一件喜事，迎娶绝代佳丽潘素。张伯驹此前已有三房妻室，但潘素的出现及他与潘素恋爱的周折，都令他心情格外激荡。金风玉露一相逢，便胜却人间无数。他们这一对神仙眷属婚后定居北京，即以弓弦胡同宅院作为爱巢。

第二件喜事，票演京剧《空城计》。3 月 4 日是张伯驹四旬寿日，张伯驹在北京隆福寺福全馆举办堂会演出，于《空城计》中饰演诸葛亮，民国京剧的宗师级艺术家杨小楼、余叔岩亲自为他配演剧中马谡、王平。张伯驹在诗中得意地形容说，“惊人一曲《空城计》，直到高天尺五峰”。

第三件喜事，张伯驹在春季从“洪宪瓷”的监制者郭葆昌处收得李白《上阳台帖》；旧历年底，西历则在 1938 年 1 月 30 日，他又从溥心畬处得到中国现存最早的书法作品——西晋陆机的《平复帖》。

张伯驹的这三大喜事，为他赢得巨大声誉，令全天下人艳羡；当然，随着张伯驹名动天下，所谓“谤亦随之”，他也开始为诸多人所诟病，此亦在所难免。

从经济角度说，张伯驹为这三大喜事的花费也是不小的，特别是购置《上阳台帖》《平复帖》等书画重宝，所用不下十万元。三年后，张伯驹又从朱家溍家以4.5万元收得蔡襄《自书诗册》。张伯驹所为自己留存的20万元，至此应是已经扫数一空。

张伯驹刚刚觉出经济上有些拮据，一场塌天大祸迅雷不及掩耳地降临了。1941年6月5日，树大招风的张伯驹在上海法租界亚尔培路培福里住所附近被人绑架。绑匪开出的赎金高达一二百万元，还有人夸张到二百根金条。

关于张伯驹被绑一案，案情较为复杂，限于篇幅不能过多叙述。简单地说，这时张伯驹家因无主事之人而成一盘散沙，他所供职的盐业银行则袖手旁观。时任盐行董事长任凤苞于6月30日致上海总管理处函明确指示说："伯事在私交上十分悬念，两旬以来毫无眉目，令人急煞；若必牵涉到行，只有敬谢不敏。"当此危难关头，潘素恰如昔日张伯驹救父一般，承担起营救张伯驹的责任。在潘素奔走之下，经由友人帮助，终于拼凑出40万元才将张伯驹赎出。

张伯驹经此生死磨难，特别是身陷牢笼的数月中，再次对自己做过一番思考。如果说他在30岁前后，考虑更多的是做出种种舍弃的选择，他的这次思考，则是偏重于自己的坚持。首先，张伯驹意识到，潘素是可以与他共富贵、共患难的伴侣，从此视潘素为妻，对潘素一往情深。其次，张伯驹宁可舍弃生命，也不愿以所藏书画换取赎金。张伯驹暗自在心底已经将为国家保有文物上升到高于其个人生命的层面，从此彻底不再视所藏书画为私产。张伯驹获得自由后，立即与潘素携所藏书画潜至西安避祸，他必须保证不再发生类似的灾难。

自比无家张俭，留下北京文化传奇

抗战胜利后，张伯驹夫妇从西安返回北京。他原以为战乱结束，可以安享太平，哪知所见却是“上下贪污之风大起，金融崩溃，当局欲依外力发动战争，国事益不可问”。国民党政府的种种倒行逆施，令他大失所望。

国事固然令张伯驹失望，国事亦不能不令他忧心。张伯驹在北京听到消息，溥仪携至东北的文物又因满洲国的灭亡而流散四处；时局动荡，也有许多藏家纷纷抛出藏品换取黄金、美元保值。张伯驹大声疾呼抢救国宝，“但南京政府对此漠不关心”。

约在1947年，琉璃厂商把一批从东北收来的文物送到北京的故宫博物院，故宫却因得不到政府资助而无力回购。更为不可思议的是，在故宫理事会上，胡适与陈垣以价昂为由，拒绝收购范仲淹《道服赞》。张伯驹唯恐此一书画重宝就此流失海外，连忙“鬻物举债”，以黄金110两将其收购。紧接着，半年之后，琉璃厂商又发现了中国现存最早的绘画作品——展子虔的《游春图》。张伯驹联合了另一位文物鉴定家于省吾一起去面见故宫博物院院长马叔平（衡），他陈词云：“谓此卷必应收归故宫博物院，但须院方致函古玩商会不准出境，始易议价；至院方经费如有不足，余愿代周转。”可是，马院长的态度却是“而叔平不应”。

张伯驹见此情景只好再次出手，将西四弓弦胡同豪宅变卖，以黄金220两购得《游春图》。类似的情况持续数载，张伯驹勉力又收得杜牧《张好好诗卷》等多件书画文物。而在这数载间，张伯驹家事亦闹得不可开交，其胞妹与前妻等人通过诉讼要求张伯驹剖分财产。迄至1953年夏季，张伯驹被迫又将海淀的承泽园卖掉还债，他也就此告别了其贵公子生活，进入到北京的城市平民行列。

告别承泽园的时候，张伯驹没有对往昔的豪门生活过多留恋。他在1953年9月中秋之日填词《人月圆》云：

百年几换楼台主，明月自团圆。清辉到处，千门万户，不问谁边。

思家张翰，无家张俭，等是痴癫。但能有酒，又能有客，同赏同欢。

他年轻时自比张绪，而今自比张翰，都还只在文人的情怀里。而他在这里特意提出东汉为国而舍家的张俭，与张绪、张翰则是大为不同的另一番境界。张伯驹以张俭自况，即是表明自己为了国家，虽散尽万贯家资而无悔；哪怕是为人笑作“痴癫”，哪怕是贫穷潦倒，也在所不惜。与张伯驹这首词相对照的，是其在《丛碧书画录》序里真诚地说到的：

> 予生逢离乱，恨少读书。三十以后，嗜书画成癖。见名迹巨制，虽节用举债，犹事收蓄。人或有訾，笑焉不悔。

这句话可以说是为“无家张俭”做出的最恰当的注解。理解到这一点，也就懂得了张伯驹何以能对于世俗的“富贵”径自弃之如敝履。

张伯驹在忙于抢救书画文物及处理家事的数年间，对新成立的中华人民共和国，他的态度有些冷漠，以为不过是“百岁长安棋局，便浮云过眼，几幻沙虫”。1951年秋，有一件事引起张伯驹注意。张伯驹关注了十余年的“三希堂法帖”，经政务院总理周恩来批示拨款，其中流落在香港的《中秋帖》与《伯远帖》，被以49万港元购回故宫。张伯驹为此欣喜莫名。渐渐地，张伯驹看到共产党这个新政权引领着中国开始走向长治久安，饱经沧桑的张伯驹与他的一班老朋友们重新过上了安定的生活。张伯驹对年轻的中华人民共和国表现出了最大的信任。1956年7月，张伯驹与潘素夫妇做出重大决定，毅然将以一家之资、一己性命保存下来的《平复帖》《游春图》《摹怀素帖》等书画重宝，无条件捐赠给国家，使之又一次重归故宫博物院，从而“永存吾土，世传有绪”。张伯驹也就此宣告，完成了这项他坚持近30年的文化使命。

张伯驹没有把他的文化贡献作为个人的资本，相反，他在此后的数十年间，反而又经历了无数折磨。1982年2月8日是旧历壬戌年元宵，潘素的生日，张伯驹未及给老妻贺寿就住进医院。2月15日，是张伯驹虚岁85岁生日，他自知大限来临，在病榻上口占《鹧鸪天》一首，词云：

以将干支指斗寅，回头应自省吾身。莫辜出处人民义，可负生教父母恩。

儒释道，任天真。聪明正直即为神。长希一往升平世，物我同春共万旬。

张伯驹早年三十自寿的《八声甘州》，是他看破功名利禄，不再珍惜骏马貂裘，决心要回归他个人的玉管华筵的小世界里，构筑属于其自己的生活。而这首《鹧鸪天》又可视作张伯驹自挽，他回顾平生，并没有真正沉浸在自己的小世界里，而是走入个人与国家相连、身外之物与个人身心相关的广阔天地之间。在这个广阔天地里，张伯驹找到了他的关于人生的答案，那就是，只有四海升平的和平安定之世，才能实现“物我同春”的各美其美的人世间种种美好。张伯驹最后为北京留下了这样的忠告。

1982 年 2 月 26 日 10 时 43 分，张伯驹在北京病逝。张伯驹不是北京人，但他把他的文化财富留存在北京；

北京文化也永久地记录下张伯驹的名字，使之成为北京文化的一部分。这就要说到北京城市文化的特点——并不是北京人创造的文化才是北京文化，北京文化不能简单视作地域文化，而是如张伯驹这样的中国数百年间无数文化精英共同为之付出不懈努力而积聚形成的中国文化的精粹所在。北京的所有居住者，都是北京文化的创造者。而心中怀有大天地，不以功利之心从事文化事业，这又是如张伯驹一样的北京文化创造者所留给后世的遗训。张伯驹的传奇留在北京的城市记忆中，他的这一遗训也留存在了北京的非物质文化遗产中。

（2017 年 9 月 7 日）

在地的寻访

俄罗斯《金蔷薇》：寻找我的文学初恋

袁　敏

当年，读到王安忆的《69届初中生》时，觉得小说就像在写自己的生活。因为我和安忆同年，也是一名六九届初中生，她笔下的种种人和事唤起了我许多回忆。但我略觉得遗憾的是，小说中似乎没太讲到我们那一代人的阅读。

小升初时，正赶上“文化大革命”。本来作为全校两名被推荐的学生之一，我已提前通过杭州外国语学校的面试，正笃悠悠地在家等待入学通知。没想到突如其来的“文化大革命”，粉碎了我当一个翻译家的梦想，像赶羊群似的，和一大拨同学被就近分配到杭州第十一中学就读。

十一中其实也是杭州一所老牌学校，原名惠兴女中，最惹人羡慕的是，这所学校的图书馆藏书很丰富。但正值“文化大革命”，学校图书馆被贴上了封条，丰富藏书从此与我们无缘。无书可读的我们望着学校图书馆紧闭的门窗，像饿急的人贪婪地窥探着可以填饱肚子的食品。终于有一天，班上几个大胆的学生凑在一起商量，决定砸破图书馆的玻璃，翻窗进去偷书。当时商定，男生进去挑书，并把书从窗户里扔出来，女生在外面接应，把书偷偷运走藏好。我虽然是女生，但却不愿意错过挑书的机会，像一个假小子似的不管不顾地跟着男生跳窗而入。记得我当时正好落在苏俄文学的区域，便挑了听说过的《钢铁是怎样炼成的》《青年近卫军》《远离莫斯科的地方》，还有不熟悉，但一看书名就喜欢的《白比姆黑耳朵》《我的包着红头巾的小白杨》等，都是苏联小说。因为心里紧张，根本不敢在图书馆里乱走，眼前的书柜有什么书就慌慌张张地拿什么书，然后嘁里咔嚓往窗外扔。

正偷得过瘾，只听外面有人喊：快跑，工宣队来抓人了！偷书者闻声纷纷往窗外跳，而我却意犹未尽，眼光还在书堆里乱扫。此时窗外已经人声鼎沸，再不逃真的来不及了。就在我准备跳窗的一刹那，突然看到靠窗的书柜边上有一本小书，很薄，书名叫《金蔷薇》。作者名字很长，我根本记不住，但“金蔷薇”三个字既好听又好记。书很薄，鬼使神差，我将这本书塞进了裤腰，那个年代肥大的衣服藏这样一本小书根本看不出来。

这一次偷书行动，因有同学告密而失败，偷书者和接应者全军覆没，书本通通被没收，参与的男女生均被勒令做深刻检讨。只有这本被我藏在裤腰里的《金蔷薇》不动声色，侥幸脱逃。我自然不敢再拿出来与人分享，悄悄带回家独自吃了闷食。

那是我第一次接触苏俄文学，也是我第一次真正意义上读到外国作家的作品。它像一抹灿烂的阳光，照亮了我幽闭的脑海，更像一片蓬勃生长的高高的白杨，风吹叶落，把文学的种子撒在了我的心田。可以说，那是我的文学初恋，那种扑面而来的美好让我头晕目眩。我记住了康·巴乌斯托夫斯基这个长长的名字，也记住了作家笔下让我伤感了几十年的老兵夏米和女孩苏珊娜的故事。

从此，我丢弃了当一个翻译家的奢望，开始了文学的梦想。

一、康·巴乌斯托夫斯基是谁？没听说过

今年夏天，当我第一次踏上俄罗斯的土地时，我最想拜谒的就是康·巴乌斯托夫斯基留下文学足迹的地方，寻找我的文学初恋。

虽然事先通过做旅游阅读很有经验的上海游读会与旅行社多次沟通，发了详细的行程要求，特别强调了要去康·巴乌斯托夫斯基的故居和他生活写作过的几

个地方，可是，当我到达莫斯科，和前来接我的司机及导游见面，核对行程安排时，还是免不了有点沮丧。因为他们听到康·巴乌斯托夫斯基的名字时，完全是一脸茫然。

司机汤老板说：“你这个单子我们根本不想接，什么康……巴乌斯……嗨！我也缠不清，就叫老康吧。我每年要接多少客人，还从来没遇到你这样的，什么乱七八糟的人，不就是文学吗？咱也不是一点文化都没有，普希金故居，托尔斯泰庄园，咱都去过，躺在新圣女公墓里的契诃夫、果戈理，咱也知道，可是这个老康是什么人啊？咱还真没听说过。”

导游琳琳是个“80后”的东北妞，20岁在网上晃荡时认识了汤老板，被他哼唱的一首《找个大叔嫁了吧》灌了迷魂汤，脑袋一热，就跟着这位大叔跑到了俄罗斯。如今他俩夫唱妇随，开着一辆黑色七座的大奔，飞驰在俄罗斯的各条旅游热线上，接待着来自世界各地的朋友。按说这夫妻俩做俄罗斯旅游七八年了，也算见多识广，但他们却从未听旅游者说起过老康，更不知道老康的故居在哪里。好在琳琳年轻时尚，而且聪明好学，溜网倍儿熟，她很快就从俄文网页中查找到了康·巴乌斯托夫斯基纪念馆。

名人故居有许多都被叫作纪念馆、博物馆，这很正常；但有的名人因为漂泊动荡，故居往往不止一处，纪念馆、博物馆便也四处开花。比如普希金的故居不但圣彼得堡有，莫斯科也有，规模都不小。而这两处闻名遐迩的故居，其实普希金都只住了几个月，而更能看出普希金文学成长经历和作为“诗歌太阳”冉冉升起的地方，却在莫斯科郊外的皇村贵族中学，普希金在那儿度过了六年最美好的青春，也是在那儿真正爆得诗人大名。再比如列夫·托尔斯泰，游人往往去了其在莫斯科的故居，就以为完成了对这位文学大师的凭吊，殊不知托尔斯泰真正长期生活和写作的地方却是在远离莫斯科二三百公里之外的一座巨大豪华的庄园。

然而，或许因为康·巴乌斯托夫斯基被俄罗斯众多璀璨的文学星辰遮蔽了光芒，又或许这位以描写大自然为特色的作家，写下的作品分量不像一些俄罗斯文学大师的皇皇巨著那样显赫，所以，他的声名是有些边缘和低调的。已经做了七八年旅游的汤老板和琳琳根本不知道这位俄罗斯作家，有关俄罗斯文化名人旅游景点介绍中也没有关于他的任何信息，看来这位作家是寂寞的、被忽略的。

现在，琳琳从俄语网页中查找到了康·巴乌斯托夫斯基纪念馆的地址。这让几乎绝望的我喜出望外，急不可耐地要去寻找我的文学初恋，我哪里还会想到要再了解一下，这位被汤老板唤作老康的俄罗斯作家究竟有几处博物馆，眼前找到的这家纪念馆又到底是不是老康的故居。

二、终于找到康·巴乌斯托夫斯基纪念馆

从我居住的莫斯科市中心的宾馆出发，由于和国内大都市一样的单行线绕道及上班高峰期的堵车，去莫斯科郊外的康·巴乌斯托夫斯基纪念馆，不到30公里的路程居然开了两个多小时。等到车辆开始稀疏，人

流慢慢减少，大片郁郁葱葱的旷野扑面而来时，我感觉老康笔下大自然的美丽景色逐渐向我靠近，青春年少时的文学偶像正在向我走来。

虽然琳琳手机上留存了康·巴乌斯托夫斯基纪念馆的详细地址，但由于从未来过，又因为乡间别墅一栋房子和另一栋房子之间距离很远，你只能估计大概就是这个区域，门牌号码在这里没有实际意义。而且，虽然俄罗斯对文化名人非常重视，只要是生活过的地方几乎都会特意制作纪念标识，但人家的标识都很内敛，往往是一块不大的铜牌，镶嵌在不起眼的墙上，若不仔细留意，很可能就会忽略过去。

汤老板的车在一片被金灿灿的阳光照射得通透的绿荫前停下来，一片土黄色的木质小屋出现在我们眼前，白色的窗棂，暗红的屋顶，百叶的墙围，低矮的回廊，蓝天白云伸手可触，杂树野花绕膝摇曳……

我以为自己终于找到了康·巴乌斯托夫斯基的故居，兴奋得赶紧下车，站在一旁的琳琳却突然有些迟疑地说：“好像不对呀，我在俄文网页上查到的老康纪念馆有照片，是一幢灰色的房子，而这房子是黄色的，会不会搞错了？”

汤老板毕竟是在俄罗斯地界儿上摸爬滚打了20年的老江湖，俄语不错，他走到小屋旁，看了小屋前几面旗子上的俄语，告诉我，这里是一个青少年活动的文化中心，但还是和老康有关联的。俄罗斯很重视从小对孩子们文化素养的熏陶和培养，老康的纪念馆离这里不远，就是为了让来这个文化中心活动的孩子们都能参观老康纪念馆，了解俄罗斯文学史上有这样一位有影响的作家。

因为我的时间很紧，汤老板建议我不要在这里耽搁，先确保看老康的纪念馆。

车子继续往前开，七八分钟后，一栋灰色的小屋跃入我的眼帘，也是百叶的木质墙围，白色的木格门窗，尖尖的人字屋顶；所不同的是，小屋门前有九级带扶手的木头台阶，右侧一团浓树荫下竖着一块小小的牌子，上面写满了俄文。

汤老板撩开几乎遮挡了一半文字的树叶，看了半天，确定地告诉我：就是这里了。

这和我想象中的康·巴乌斯托夫斯基的故居十分吻合，那种天高云淡，那种阴凉宁静，只有一条绿影斑驳的石子小路蜿蜒伸向林中小屋，似乎在讲述昔日的故事。

我们走进小屋的时候，被要求穿上干净的鞋套，除需要买门票外，若要拍照还需要另外单独购买一张同价的摄影票。与许多博物馆、纪念馆禁止拍照的强行规定比起来，我倒觉得购买摄影票更合理、更人性化。买了摄影票以后，管理人员会给你佩戴一张小卡片，凭着这张通行证，你就可以大胆拍照，没有人会横加干涉了。

没想到一切准备工作完成以后，我被管理人员要求继续在进门后狭小的过道上耐心等候。通过汤老板翻译我才知道，因为里面有一群孩子正在参观，我们不能打搅到他们。听到里面不断传出来的叽叽喳喳说话的声音，可以判断参观的人数不会少。看来这位寂寞的作家在俄罗斯人的心目中依然有着重要的文学地位，能让孩子们从小就了解和认识他的生平和文学成就，说明俄罗斯人民其实并没有忽略这位作家。

等了大约一刻钟，我们才被允许进入里面参观。里面的每一间房间面积都非常小，但似乎延伸的空间感都很大，仔细一看，我才注意到，每一间房间四周的墙壁都装饰了布帷，每一面布帷都被画上了几乎可以乱真的森林、大海、田野、河流，坠落的夕阳，潺潺的小溪……

更让人惊叹的是，这里每间房的地面都是仿真的绿色青草地，青草地上随意摆放着如同白桦树树干锯成的矮树墩，座面上甚至有一圈圈清晰的树的年轮，坐在上面休息，看着四周的美景，仿佛真的置身于大自然的天地之中。

康·巴乌斯托夫斯基是一位以描写大自然闻名于世的作家，这座小小的纪念馆如此精心地将作家笔下的如画场景一幕幕还原，让游客很自然地跟随着场景中真实的画面走进作家的心灵。这样独特的创意和费尽心思的设计，足见纪念馆的建造者对康·巴乌斯托夫斯基用情至深。

三、一个和自然、海洋、船员有关的作家

虽然从年少时，康·巴乌斯托夫斯基就启蒙了我的文学之路，但说实话，我对这位遥远国度的作家的生平和文学生涯，其实还是了解得十分肤浅的，这次来到康·巴乌斯托夫斯基纪念馆，可以好好补上这一课了。

康·巴乌斯托夫斯基1892年出生于莫斯科，祖先是乌克兰扎波罗热的哥萨克。从他曾祖这一辈开始就以种地为生，而到他父母这代则离开乡野。父亲是铁路上的统计员，母亲是一个糖厂职工的女儿，然而，祖先游牧民族的血液似乎依旧在他们身上流淌。他的父亲心地善良，但脾气暴躁，心中总是充满流浪的幻想，导致他们的家也总是无法在一个地方定居，生活总是漂泊动荡。这也许从骨子里铸就了巴乌斯托夫斯基天性不羁、不受束缚的性格。

从中学时代开始，巴乌斯托夫斯基就喜欢读《万有

文库》，从中了解到都德、狄更斯、塞万提斯等人的作品，尤其喜欢当过水手和渔夫的苏联作家亚历山大·格林的海洋小说。虽然巴乌斯托夫斯基最初尝试写作是从诗歌起步的，但他很快就丢弃了这种自己并不喜欢也不太擅长的文学样式，而开始用小说来记录自己的生活经历。1911 年，是他在基辅第一中学的最后时光，此时他在《火光》杂志上发表了自己的第一篇短篇小说《水上》，这篇稚嫩的小说问世后，并没有引起读者注意。1912 年，巴乌斯托夫斯基考入基辅大学自然历史系，这个选择让他的喜好和偏爱初露端倪。但不知什么原因，他却没有继续读下去，两年后突然转到莫斯科大学法学系就读。

就在这时，第一次世界大战爆发，巴乌斯托夫斯基无奈辍学，提前踏入社会，走向生活。他先后当过电车司机、渔夫，参过军，做过冶金厂和锅炉厂最底层的工人。1917 年十月革命炮响，巴乌斯托夫斯基又回到莫斯科担任报社记者，其间多次列席中央执行委员会会议，常常听到列宁的演说。后来，他去了基辅参加红军，复员后，他到了基辅以南的乌克兰第二大城市敖德萨，在那里的《海员报》找到了一份与文字相关的工作。自此，漂泊动荡的生活才开始稍稍安定下来。

1925 年，巴乌斯托夫斯基出版了他的第一部短篇小说集《相逢的船》；1932 年，他写出了自己的成名作《卡拉布尔兹海湾》。从第一篇小说《水上》，到第一部小说集《相逢的船》，直至成名作《卡拉布尔兹海湾》，巴乌斯托夫斯基确立自己在苏联文坛的地位用了整整 20 年。我不知道巴乌斯托夫斯基在《海员报》工作了多长时间，但是从他写水、写船、写海湾，你就可以想见他选择去《海员报》工作绝非出于偶然。虽然我在巴乌斯托夫斯基的这几部作品中还看不出这位作家日后的才华，但我觉得这一段生命的重要轨迹已经显示出作家对自然界的河流、海洋情有独钟。

在纪念馆里，大量实物和文献印证了巴乌斯托夫斯基这段生命中最重要的轨迹。整整有两间展厅，展示了作家和河流、海洋、船及《海员报》千丝万缕的关系。《海员报》的原件，作家的手稿、画稿，木质的小船和作家使用过的船桨，海上航行时写下的一篇篇航海日志，老式打字机上滚动而出的泛黄的稿纸和搁在一旁的沧桑的眼镜……尤其是一批热爱巴乌斯托夫斯基的读者送给他的礼物更是让人心生感动：金红色写满黑字的救生圈；垂吊着拉绳的航船上报警用的铜钟；在海上航行遇到风暴时可以照明，不会被狂风吹灭的古老的防风烛台；锈迹斑斑却透出岁月包浆的罗盘仪……

四、听到了康·巴乌斯托夫斯基的声音

然而，我在这两间巴乌斯托夫斯基最重要的展厅中，却似乎没有触摸到作家的灵魂，我也感受不到当年《金蔷薇》让一个对文学尚处于一片空白的懵懂少女突然奇遇一片美丽的文学森林时那种强烈的震撼与冲击。我不知道是自己的审美过于偏狭，还是作家留存于世的物件有严重的缺失，总之，在我心中有一个巨大的空洞，而对这个空洞的填补，显然不是这座小小的纪念馆可以做到的。

一位纪念馆的工作人员仿佛感应到了我的怅惘，她通过汤老板问我：要不要听一听巴乌斯托夫斯基的声音？

当然！我有点意外的惊喜。虽然我听不懂俄语，但很希望从巴乌斯托夫斯基陌生的声音里，捕捉和感应展厅中的文献和实物无法传递的东西，比如作家的气息、情感、心绪、况味等等。

我戴上了耳机，坐在桦树皮树墩上，听着巴乌斯托夫斯基遥远的声音仿佛从天边缓缓地飘荡过来。工作人员同时在我面前打开了电视，播放了一段莫斯科郊外梅拉尔原始森林的视频。

巴乌斯托夫斯基的声音很低沉，富有磁性，似乎带着音乐的节奏。虽然我一个字也听不懂，但是很奇怪，他的声音似乎能引导你不知不觉地走进那片神秘的森林中去。这是一个遍布各种树木和大大小小湖泊的地方，有一些零零星星的小木屋藏匿在密匝匝的树林中，一些小动物在厚厚的腐叶上跑窜过去，风声、树声、叽叽喳喳的鸟叫声，不时掠过耳畔……

自以为做了巴乌斯托夫斯基半个世纪的粉丝，以前我却从来不知道梅拉尔这个地方，更不了解作家曾经断断续续在这片林中村子里住过很长时间，和当地质朴的俄罗斯人深入地打交道，交朋友，亲密无间地一起生活。在这里，巴乌斯托夫斯基写出了《森林的故事》《野蔷薇》《一篮杉果》《烟雨霏霏的黎明》等一系列优美纯净的散文，形成了他的“梅拉尔系列”。这个系列的散文是作家文学创作生涯中的重大转折，他无意识地将笔尖伸向了自己安详地置身其中的美好的大自然，他开始疏离自己从前热衷追求的激越和沸腾，他有心寻找生活中更本源、更真实、更安静、更悠远的东西。他的这批系列散文中，也有人物，有故事，但矛盾冲突开始淡化，情感表达变得柔软，抒情的笔调和诗的意境洋溢在文字当中，赞美大自然的风光和俄罗斯人淳朴善良的心灵，反思人与自然的关系，成为作家笔下永恒的主题。

在巴乌斯托夫斯基声音远去的时候，视频中的梅拉尔风光也退出了荧屏。我依旧呆呆地坐在桦树皮树墩上，不愿意摘下耳机。我承认，在这一刻，我似乎找回了多少年前让自己心灵震颤的那朵金蔷薇，也好像稍稍地触摸到了作家心灵家园的边角。

人们常常以为作家的成名作往往是他的创作巅峰，又或者以为作家多年的生活积淀必定是他创作的丰富矿藏。研究者们在论述作家作品时，似乎也总是习惯深陷在这样的逻辑里面，从而推理出种种论断。但是，在巴乌斯托夫斯基身上，我觉得这样常规的文学评价似乎不足以解释，或者起码说是一个鲜有的例外。说实话，假如我最初看到巴乌斯托夫斯基早期的作品，包括那部成名作《卡拉布尔兹海湾》，我恐怕不会喜欢上他的作品，也或许不会有自己痴迷多年的文学初恋；假如我从头拜读巴氏，说不定早就将其丢掷到爪哇国去了。

五、透过包茶叶的旧地图，他发现了自己的文学故乡

有时候，影响作家一生创作生涯的，或许不一定是生命中刻骨铭心的重大东西，反而是一个偶然，一件

小事，一片风吹过耳留下绿影的树叶，一滴滚落山崖闪烁彩虹的露珠……

巴乌斯托夫斯基一生算不得波澜壮阔却也跌宕起伏的生活经历，在他早期的作品中多有反映，但恐怕这并不是他真正想写的东西，或者说，在那个阶段他还没有在文学创作中找到契合自己心灵的东西。所以，那时的他是干涩的，不是绽放的；是矜持的，不是舒展的。

幸运的是，巴乌斯托夫斯基遭遇了点燃他文学才华之光的一根火柴，这根火柴就是梅拉尔。这个遭遇纯属偶然，完全像是生命中常常会擦肩而过而你根本不会在意的过客，偏偏巴乌斯托夫斯基在意了。

有一次，巴乌斯托夫斯基去买茶叶，店家给他包茶叶的是一张废弃的旧地图。当巴乌斯托夫斯基回家把茶叶倒进茶叶罐，刚要把包装纸扔掉时，他发现这是一张地图。也许是多年走南闯北对地理的敏感，也许是从前海洋航行经历养成的读地图的习惯，他立刻就拿起这张包茶叶的旧地图仔细读起来。这一读，在我看来应该是可以在俄罗斯文学史上书写一笔的历史性时刻，但这一对巴乌斯托夫斯基文学创作产生根本转折的细节却几乎没有人提及。

巴乌斯托夫斯基在这张旧地图上发现，在距离莫斯科大约200多公里的郊外，有一处无人知道的禁区——梅拉尔。那里有茂密的森林，有大大小小的湖泊，有在林间弯曲流淌的小溪，有荒凉崎岖的泥路。他决定去探险，寻找这个不为外人知晓的隐秘地方。他很快将自己的探险计划付于行动，并且没费多大劲儿就找到了这个地方。他在这儿住了下来，一住就是好几年，即便后来离开了，每隔一段时间还是会回来住一段。

后来，巴乌斯托夫斯基曾经在自己的创作笔记中满怀真诚地写道：我当年就到梅拉尔去了，从那以后，这地方就成了我的第二故乡。正是在这里，我真正懂得了，怎样才是爱自己的土地，爱每条杂草丛生的羊肠小道、每棵老白柳、每个映着一弯新月的澄清的池塘，爱静穆森林中的每一声鸟鸣。再没有哪个地方比这里更能让我感到充实。在这里我破天荒地第一次体会到，俄罗斯语言的形象性与魅力，和大自然，和潺潺的泉水声、鹤群的鸣叫声，和落日的余晖、草原上远处传来的姑娘们的歌声、远处篝火袅袅的青烟，和这一切有着不可捉摸的联系。

从这段文字中我们可以看出，是巴乌斯托夫斯基发现并走进了梅拉尔，同时也是梅拉尔唤醒并激活了巴乌斯托夫斯基心中一直沉睡着的另一片文学土壤。从此，梅拉尔成为作家的灵感源泉、创作福地。巴乌斯托夫斯基之后再写出来的作品才真正有了个性和灵魂。而《金蔷薇》无疑是作家后期作品中最具有代表性的精品，我在年少时遇上《金蔷薇》，既是我文学之路上的一次奇遇，也是我文学启蒙的幸运！

走出巴乌斯托夫斯基纪念馆时，我已经清楚地知道，这里其实并不是他真正的故居，而只是人们用以纪念这位俄罗斯作家，并让青少年们了解这位作家的地方。巴乌斯托夫斯基真正的故居在距离莫斯科130多公里的一个名叫卡洛卡的地方，而让巴乌斯托夫斯基的文学创作真正放射光芒的则是更远一些的梅拉尔。但这一次对自己文学初恋的寻访我并不后悔和遗憾，它让我明白，故居也好，纪念馆也罢，那都是后人打造和书写的历史镜框，建筑物里的一切远不如作家笔下真实的生活场景鲜活。你在纪念馆里看到的，一定不如你实地寻访的。纪念馆的好处是，它给你提供了一份很详尽的引导地图，至于这份引导能不能让你按图索骥，带你走进作家的内心，全凭你自己的悟性了。

（2017 年 9 月 21 日）

一些主题必然这样涌来

——马勒在阿特湖畔

曹利群

早上大雾，在莫扎特母亲家所在的圣沃尔夫冈湖旁，导游和司机正疑惑地看着我。我们上午要去的马勒作曲小屋，就在斯泰因巴赫边上的阿特湖。司机说奥地利叫斯泰因巴赫的小镇有好多，他不知道该怎么走。今夏，我带队的2017奥地利音乐之旅一直都很顺利，不想在这里卡了壳。也难怪，司机虽是东欧人，对奥地利的路还算熟悉，但行程上的马勒小屋他从来没有去过。好在我事先有准备，连忙打开手机，找出来之前拍好的地图给他们看。司机终于辨明了方向。一路上的雨越来越密集，早上还是浓雾弥漫的湖区，此时增添了些许烦扰。如果到时候雨仍然下个不停，作曲家的小屋也会让旅行者们兴味索然。

车行一小时左右，司机看看地形，停下车说到了。窗外的雨依然没有停的意思，车上的人懒洋洋的，不想动。我拉着一个年轻人下了车，作为探路者先行向湖边走去。斯泰因巴赫位于阿特湖西岸，1893 年至 1896 年夏天，作曲家马勒在这里度过，并创作了第三交响曲。记得 20 多年前我买的第一张马勒交响曲的唱片的说明书的封面，用的就是阿特湖边的马勒小屋：林木葱郁的湖边，蔚蓝色的湖水为葱绿的山林环绕。那时我就在想，这样的地方就是上苍赐给作曲家的，讴歌大自然的音乐如何能闷在喧闹的市井中完成？我们冒着密集的小雨快速朝湖边走去。没走多远，就看到了一棵树上有马勒小屋的指示牌。从指示牌的大树向右一转，作曲小屋就在前边 50 米不到的样子。微风摇曳，时而有树叶挡住我的视线。终于见到马勒的第一间作曲小屋，这让我兴奋不已。

作曲小屋就在面前，真真切切。四面看，小屋建在一块突出湖面的土坡上，立定远望，湖面开阔，水波荡漾，只是不见了当年小屋周围的那几棵树木。到了门前，忽然发现门被一把大锁紧紧锁住了。旅行团的成员说，在外边看看就行了。我说来都来了，必须要进去，有锁就有钥匙。出行前我做了功课，知道湖边有个弗廷格尔旅店（inn Föttinger），当年马勒一家就住在这里，如今钥匙就在店主人手里。我们顺利拿到钥匙返回小屋前，骤雨初歇，天光大亮。推开门的一刹那，马勒第三交响曲第一乐章悄然响起，雄浑的圆号和鼓声把我们召回到历史的从前，转头望着窗外，微风掠过湖面，我突然理解了为什么马勒把这首作品称为“夏日的清梦”。

屋内陈设极为简单，一张桌子，一把椅子，一架钢琴和一个壁炉，不到十平方米的小房子四周贴满了复印的图片和文字。自马勒1896年离开之后，这间小屋先后被用作洗衣房、浴室、屠宰屋、厕所、工具间，除四周的那几棵树被砍伐外，其他一切完好不差地保留了下来。1893年至1896年的夏天，马勒与两个妹妹尤丝汀娜、爱玛，弟弟奥托，红颜知己娜塔莉·鲍尔·莱希纳分别住在弗廷格尔旅店的四个房间。（我们曾与店主人协商要去二楼看看当年的陈设，但没有得到允许）莱希纳不厌其烦地记下马勒每日创作与生活的点点滴滴，两个妹妹负责照料马勒的生活起居。为了保证创作环境不被打扰，姐妹俩竖起稻草人以驱赶鸟儿，用糖果打发小孩子远离，就连那些挂着铃铛的牲口也不能靠前。就此，马勒展开了他踌躇满志的夏日作曲计划，像一个清教徒一样刻板地按照固定的作息时间表工作。他每天早晨六点半起床，独自走到小屋，埋头作曲直到中午。午餐只有少量的食物，且不饮酒。有时高兴了也与大家一起午餐，席间谈笑风生。饭后一支雪茄是少不了的，尤丝汀娜只需看一下哥哥的表情就知道创作是否顺利。下午马勒例行休息，多半时间和妹妹们一起散步、爬山，或者骑自行车在乡间漫游。马勒也不时去拜访夏季在湖区的巴德伊舍小镇度假的勃拉姆斯。虽然作曲理念不同，但马勒喜欢这个老头。1896年，马勒在给安娜·弥尔顿堡的信中写道：“他（指勃拉姆斯）是一棵多节疤的粗壮的树，但结有成熟甜蜜的果实。去见这样一棵叶茂枝繁的树是一种喜悦。当然，我们并不十分相投，只是很好地保持着友谊。”对于勃拉姆斯那种德意志式的缜密的音乐逻辑大厦而言，马勒更以为音乐是包罗万象的，为此他长时间地静寂孤绝，沉浸于自我的内心，以期把心之所想目之所及统统写进他的音乐。此时凭窗远望，叠翠群峦，流云高天，想象着马勒步行或爬山经过的地方，仿佛感受到阿尔卑斯山钟灵毓秀的群峰的召唤。

闭上眼睛，任凭思绪飞扬，似乎马勒此刻就坐在钢琴前，酒神与牧神渐渐在他的心中会合，第三交响曲的三大源泉——自然、神灵与人终于汇聚于马勒的内心。对于马勒来说，大自然是他的后方，所有人性的东西都诞生在大自然里。他从那里获得能量就像安泰俄斯接触大地母亲一样。1895 年的夏天，马勒就已预期了新作品的成功，他邀请弟子布鲁诺·瓦尔特从汉堡来阿特湖畅谈。瓦尔特乘船经阿特湖抵达斯泰因巴赫，在码头上受到了马勒的欢迎。瓦尔特举目四望，从湖面一直扫视到山巅。马勒连忙说："您不必再多看了，这里所有的一切都被写进了我的乐曲。"

六个乐章最初的标题如下：

第一乐章　潘神醒了：夏天进行曲

第二乐章　草地上的鲜花告诉我

第三乐章　森林的动物告诉我

第四乐章　人类告诉我

第五乐章　天使告诉我

第六乐章　爱情告诉我

莱希纳曾回忆和马勒一起去散步的情形，他们见到和听到的是一个乱糟糟的女巫安息日：竞技场上的呐喊声、木偶戏的手摇风琴声，还有一支军队的口号声和一个男声合唱团的声音混合在一起。马勒大声惊叫："这就是复调音乐，我就是在那里学到它的。甚至在我童年的时候，在伊格劳的森林里，这种事情总是在强烈刺激着我，并给我留下深刻的印象。不管是在如此嘈杂的环境中，还是在鸟儿的歌唱声中、风暴的呼啸声中、波浪的冲击声中，或者在火焰的燃烧声中，都有同样多的声音。它们完全来自不同方向，一些主题必然是这样涌来，节奏和旋律完全不同。”在前三个乐章，马勒用感受到的不同音响，去表现千差万别的宇宙世界。这是荒野的语言，是对特定内容悉心体验的结果。

第三乐章是根据马勒在1892年创作的一首歌曲《夏日的变化》创作的。这首歌曲由两段组成，第一段主要是表现杜鹃的死亡，他虽然把这一乐章的表现性质定性为谐谑曲，但在色彩上还是突出了田园风的民间舞曲。音乐主要建立在杜鹃啼鸣、死亡的歌曲主题上，带有粗犷、跳跃的音调特征，就像森林里的小动物在演奏。

马勒解释说：“在快板乐章中，所有的一切都消融在运动变化的状态中，但在慢板乐章中，所有的一切都消融在寂静的存在中。”在经历了自然、动物、人类社会的激烈冲突后，马勒把我们带入了一个超凡脱俗的精神境界。面对世事和家事的种种残酷不幸，马勒那颗饱受现实摧残的心灵最终得到上苍的抚慰，纯粹的人类之爱充满着整个宇宙和大自然：“这个乐章（指第五乐章）的格言是上帝。天父，看看我遍体鳞伤，不让任何一个生灵丧失。”马勒对朋友说：“我甚至想为这个乐章起另一个标题‘上帝告诉我’，在这个意义上，上帝只有作为爱来理解，因此我这部作品开始于不仁的大自然，不断攀升，最终升华到上帝的爱。”如果说，马勒的第一交响曲表达了他的内在自然情感，第二交响曲表达了人与神的和解，那么第三交响曲则是一个包罗万象的造物歌颂。音乐仿佛在说：我，马勒，一个凡夫俗子，曾经站在峭壁上往下看，感到十分惊恐。但是现在，我恢复了对生活的信念。

就在一行人准备离开小屋、关上门的一刹那，第三交响曲的第一乐章的雄伟乐曲再次响起，仿佛是马勒向前来探访的人的告白，如此精心的设计让人感动。

在送回钥匙的路上，我们遇到两个来自欧洲的姑娘，她们问我们是否从马勒小屋来，当我们把钥匙递到她们手里时，双方脸上的笑容是那样的会心。没人把门，不收费用，不用登记，不用每次都把钥匙归还给酒店老板。马勒小屋从来没有喧嚣过，也从来不乏真心的瞻仰者，就像马勒墓碑的墓志铭所写的那样：前来探访我的人知道我是谁，其他人也就不需要知道了。

（2017 年 11 月 23 日）

帕斯捷尔纳克墓地寻访记

奚耀华

阅帕斯捷尔纳克的随笔《人与事》时，读到所附美国女记者卡里斯莱的《三访鲍·帕斯捷尔纳克》一文，她提到的一块墓地引起了我的注意：

山坡的最高处是个小小的墓地，宛如夏加尔油画中的一个小角落。墓地用涂成蓝色的栅栏圈了起来。坟头上的十字架东倒西歪，鲜艳的粉色的纸花与绛红色的纸花半面落了雪，依稀可见。这是一座令人赏心悦目的墓地。

显然，卡里斯莱当时还无法知道后来帕斯捷尔纳克就葬在这里，所以笔调是轻松而明快的，而后面的楚科夫斯基的叙述就略带伤感了：

当我走在通往火车站的路上时，我就不能不想到他（帕斯捷尔纳克）如何迈着碎步路经墓地，一溜急促而轻盈的小跑的神采，然后像个小伙子似的跳上已经开动了的火车。如今，他也安葬在那块墓地里。

这些文字在书中并不重要，只是采访手记中一带而过的，我却由此回忆起一些往事，他们所说的那块墓地，无疑是我曾到过的。虽事隔许久，今天想来，一些细节仍历历在目。

一、别列吉尔金诺小镇，还有个名字叫“松林里的特莱美修道院”

1990年的8月，莫斯科已悄然增添了一些秋意，树叶渐渐发黄，并开始飘落，这是一个富于诗意并令人遐想的季节。为了寻访帕斯捷尔纳克的故居，我们专程来到别列吉尔金诺。这座被卡里斯莱称为“舒展而开阔”的小镇距莫斯科30多公里，需要坐约一个小时的电气火车。小镇是苏联政府专为作家创作而修建的别墅村，作为20世纪30年代苏联所谓的“文艺复兴”的配件工程，它还有一个颇具讽刺意味的象征性名称——“松林里的特莱美修道院”。这一名称取自法国作家拉伯雷的名著《巨人传》，是拉伯雷想象出来的人文主义理想国，以此来体现“想做什么就做什么”的自由原则。自1936年起，帕斯捷尔纳克几乎一直住在这里。当时这里还聚集了费定、法捷耶夫、楚科夫斯基等一批苏联的文学精英。

8月里，大朵的白云在田野上翻滚，搅动着整个蓝色的背景，大地像只行进中的船。地里依稀有人在劳作，让人想起米勒的名画《拾穗者》。这“宛如是上一个世纪的居民点”的景象，恰如卡里斯莱所描绘的，既古典又安闲，只不过她所经历的是一个冬日，而现在则是初秋。远处的主显圣容教堂传来悠扬的钟声，乡村变得圣洁而活跃起来。今天恰逢东正教的“报喜节”，那里正在举行宗教仪式，途经教堂门口，可以听到里面传出的唱诗班咏经的歌声，竟真有一种中世纪的味道。

伴着忽远忽近的钟声，我们步行了约半个小时，终于来到一片公墓的入口。

阳光在茂密遮天的树丛里化为碎片，这里变得阴暗。在未散尽的地气中，墓碑鳞次栉比，这是一片普通的公墓。帕斯捷尔纳克，这位作家、诗人、白银时代最后的光环就葬在这里。一部《日瓦戈医生》本可以使他体面地睡在莫斯科闻名的名人公墓——新处女墓，接受人们络绎不绝的瞻仰和凭吊，然而他却远离了喧闹的都市，独自长眠在这郊外平凡的黑土——他选择了孤寂和安宁。也许，是他生前活得太过于嘈杂和疲倦了吧。

二、墓地旁，劳作的声息

这里的确安静极了，看不见人影，只有飞鸟在林间扑簌着，肃穆间又添几分惊悚。长时间的阴暗使脚下的泥土变得潮湿和泥泞，散发着浓重的土腥气。在一处斜坡上，我们找到了作家的墓地。周围的墓群依旧沉睡着，独有它已经苏醒，因为我们在沉寂中感到了某种劳作的声息。

那是一位在躬身修整墓地的老者，一下下有力的挖掘使墓旁的杂草翻起，露出新鲜的泥土。他使这座墓地显出一些生气，也让我们在寂静中感到了一些亲切。

我们上前跟他打招呼，他应答着，有些异样的眼神里分明对我们的出现感到几分意外。他没有停止手里的活儿，抬起的双眼疲倦而苍老，却含有俄罗斯人特有的犀利。从沾满泥土的裤腿来看，他已经干了好一会儿了，而且似乎常常是跪着的。一只盛着鲜花的篮子放在他伸手可及的地方，旁边还有水桶、小土铲和剪刀一类的工具。

我本能地猜想他是墓地的园丁、帕斯捷尔纳克的亲友或是作家协会的工作人员……老人站起身，额头渗出一层细密的汗珠，神情略带狡黠地看着我们。我的思维在这狡黠的眼神下不由得戛然而止。大概意识到我们不会马上离开，他索性停下手里的活儿，在墓前一张石凳上坐下，随意擦了擦手，然后从黑色的旧粗呢西服口袋里掏烟。

烟点着了，他深吸了几口，飘散开的烟雾与林中的霭气融合在了一起，留下了刺鼻的味道。在之后的交谈中，我们知道他是莫斯科人，只是喜爱帕斯捷尔纳克的一个忠实读者，自作家去世后，他每隔一个月左右就要来这里修整一下墓地，从未中断过。这项工作已成为他生活的一部分，习以为常了。

三、这又算什么呢？

虽然他说得很平淡，却无论如何让我们感到了惊讶，帕斯捷尔纳克去世已有30年了，一个与他并不相识的人，却常年为他扫墓，到今天次数已难以计算。是什么在支撑他这样持之以恒？

他眯起眼睛，好像看出了我们的疑惑，沉吟片刻，便用低沉又略带沙哑的声音告诉我们：帕斯捷尔纳克是一个伟大的诗人、作家，说他“脱离人民”，这不公平。如此平凡的安葬，让喜欢他的人于心不忍。他要用自己的行为来维护一个理应受人尊敬的灵魂的尊严，因为他热爱帕斯捷尔纳克如同热爱自己的生命。他开始有些激动，边说边抬手指了指墓地：“这又算什么呢？”

这时我们才注意起这座墓，造型的确简朴、平常。墓碑上刻着帕斯捷尔纳克的半侧面头像，雕像上的他眉头微皱、面容消瘦、目光冷峻，使人感到一种抑郁和凛然，却正像阿赫玛托娃描述的，“他，把自己比作马的眼睛，斜睨着，观望着，注视着，分辨着”。

这眼神不由分说地引导着你，进入到他的精神世界。除此之外，墓地再也没有其他的修饰。这种简陋会让人自然联想起列夫·托尔斯泰的墓地，一座被绿草覆盖的棺椁型普通坟茔，甚至连一块墓碑也没有。但这座坟茔是建在托尔斯泰自己的庄园中，阿利亚纳·波良纳辽阔的田野衬托着它不言自明的脱俗气质，以至人们更愿意把它看成一种安葬风格。而帕斯捷尔纳克的墓地是不折不扣的简陋，它混杂于普通墓地中，使人产生了一种莫名的不安和寄居感。倒是墓旁的三棵枯树古怪得引人注目，不仅没有青翠的枝叶，而且连一根枝丫也不留，仅存三根裂着缝的光秃树干，仿佛于作家溘然辞世的一刻，也拒绝了自己的生命，担负起了象征死者不公命运的职责。这一切与莫斯科考究的新处女墓相比，不禁令人感到一种凄切。

四、他死后，为他送葬的人自发排起了长队

的确，帕斯捷尔纳克是“怀着悲愤离开人世”的。

死时安葬得十分简单，然而为他送葬的人却自发地排起了长队，沉默而壮观。这被阿赫玛托娃称为“精彩的葬礼”。在最近出版的贝科夫的《帕斯捷尔纳克传》中，有着这样的描述：

> 正值明媚的初夏时节，盛开着苹果花、丁香花以及他喜爱的野花；八个帕斯捷尔纳克的“男孩”——他晚间的朋友与对话者，抬着灵柩，而他则飘在人群之上，其中没有偶遇的路人。后来，众人才蜂拥而至，他们的争相参与使葬礼更像某种示威而不仅是追荐仪式。不过，也就在此时，与帕斯捷尔纳克的道别才最具纯净的动机，不是为了制造骚乱，只为悼念他。……毋庸赘言，这是一个幸福之人最终的幸福。

这种隆重的场面，与简陋的墓地形成了强烈的对照，落差中似有一种情绪在涌动着。从此作家就长眠在这里，或许这正符合他最后的个人意志——做一个孤独、平凡但却幸福的人。“我快乐”是他留给世间的最后一句话。

帕斯捷尔纳克一生用自己的才华追逐幸福，尽管他的生命充满了悲剧色彩，这与阿赫玛托娃的人生走势形成了鲜明的反差。他总是试图通过创作，将幸福的元素传递给读者，这对当时的俄罗斯人来说，无疑是一种在单调、乏味语境下巨大的心灵慰藉。当然，在很长一段时间里，他的名字也成为俄罗斯人“刹那间幸福的刺痛”（贝科夫语）。

睡吧，花园。
睡完一生的长夜。
睡吧，叙事曲，好好睡吧，
歌谣，像幼年时一样睡着。

这是帕斯捷尔纳克代表作《第二叙事曲》结尾的一段，他就这样安详着，用30年的沉睡迎来了精神的第二次降生。

五、他修整的不是墓地，而是历史

帕斯捷尔纳克本质上是个诗人，因此，不论是他的诗歌，还是“抒情史诗”般的长篇小说《日瓦戈医生》都遵循着三个艺术原则：瞬间的永恒、变形中的真实和繁复中的单纯。这三个原则，都以他最后的作品——死亡而完整地诠释给了世界。

浓烈的烟草味在湿润的空气中逸散着，老人平静地望着墓碑，仿佛陷入了沉思。我直觉地感到当年为帕斯捷尔纳克送葬的队伍中，就有他的身影在闪现，那时他应该是很年轻的吧。在这块平常的墓碑后面，老人也许在回忆当年的情景，那条长长的队伍在旷野上蠕蠕而动，如作家灰色的生命在延伸着，“他飘浮在道路上空，就像飘浮在解除了苦痛的云间”，一直到很远很远……这景象因包含了逝者无法估量的人格力量，因而圣洁得无以复加。

为了恪守作家生前的寂寞与独处，我们只于自己的心中默默凭吊着。我似乎理解了帕斯捷尔纳克的箴言：

“世上有死亡和预见，吉凶未卜是亲切的。事先知晓了，会使人心怵。任何激情都是躲避临头的不可逆转的危险而向一旁做出的盲目闪跳。”这与中国人“幸福而先知其为祸之本，贪生而先知其为死之因，其卓见乎”的观点何其相似，恰如心有灵犀。这是一个纯粹意义上的作家，因为他有一个作家真实的惶惑、不安和危机感，他那富于激情的“闪跳”，其结果是给人们留下了一批不朽的传世之作，而这最终成了他的墓志铭。

生命也只是一瞬，不过应当把自己融化在众人中间，如同把自己奉献。

帕斯捷尔纳克此诗的真谛，墓地已然做了最好的诠释。

我们没有再说什么，老人吸完烟后就又开始了他的工作，把篮子里的一束小花扎好，轻轻摆放在碑石前。微风抖动着白色的花瓣，像一个不安定的灵魂。

人世间唯有真诚最为可贵，这是一种意义深刻而又不可多得的平凡品格。帕斯捷尔纳克可以欣慰了，因为他并不孤独，一个普通人始终如一的理解和爱戴，足以抵上千百万人刻意、虚伪、功利的廉价奉颂，这体现出一个作家最为真实的价值和力量——我们不会忘记，正是30年前，他被苏联作家协会一致通过清除了出去；而30年后，他又被一致通过恢复了作家协会会员的身份——历史在为自身的荒谬而负疚。这位老人修整的不仅是一块墓地，恰恰还有历史。

告别了墓地和那位老者，我们心情复杂地沿着一条两旁长满白桦和松柏的小路，向作家故居走着。当年帕斯捷尔纳克就是在这条小路上来去匆匆，走完他生命中最后的一段路程。俄罗斯的秋天有着太多的寓意，1958年的秋天对他来说是复杂和严峻的，获得诺贝尔奖的消息并没有给他带来什么快乐和荣誉，反而使他陷入了政治上的困顿。他在致安娜·安德烈耶芙娜的信中说道："黑暗重又临头，我每天战战兢兢地感到它的阴影。"由于这阴影的笼罩，作家后期的生活窘迫而阴郁，以至在压力下，他最终拒绝了辉煌的加冕。

倒推十年的别列吉尔金诺，同样是秋天，1948年的秋天帕斯捷尔纳克独自居住在这里，正沉沦于“幸福的绝望和牺牲的勇气”中，这或许为他后来的命运走势埋下了伏笔，但却使他写出了最具个性的诗作——《秋天》。今天读来，恰好成为捕捉他心境的最好印证：

我送家人各奔东西，
亲友早已零落天涯。
总是免不了的孤独
满溢在内心和自然。
……
如今，木墙满怀忧伤
只好将目光投向你我，
我们不愿冲破障碍，
我们将坦荡地毁灭。
……
就让树叶更喧嚣，
更加肆意地洒落，
让今日几多愁绪，

比昨天的苦酒更浓。

秋风摇曳，白桦已开始瑟瑟凋零，我们走在帕斯捷尔纳克的秋的意境中，阳光忧郁而恍惚，落叶肆意飘飞，发出哗哗的声响，这就是所谓的秋语吧，仿佛在诉说一种遗憾和无奈，而且诉说了很多年。也许，是该人们好好听一听的时候了。

当我们回到别列吉尔金诺车站，准备返回莫斯科时，已是夕阳时分。教堂的仪式早已结束，三三两两的信徒在站台上等待火车并交谈着，他们祈求过了福音，但脸上的神情似乎仍是忧郁的。我们靠在站台的栏杆上小憩，这时人群中闪出一个熟悉的身影。他手拎水桶，肩背工具袋，缓缓地在站台上走着。我认出他就是我们在墓地遇到的老人。他也许没有看见我们，默默地从我们跟前走过，步履显得有些艰难。望着他宽大的背影，我意外地发现，他竟是一个有着腿疾的跛脚人。

教堂的钟声亮亮地响起，一群鸽子被这钟声惊飞，在天空中滑翔着，剪开浓重的暮色。我突然想起一幅画，灰白色的背景，一座十字架高悬，但钉在上面的不是耶稣，而是帕斯捷尔纳克，这是为纪念他诞生100周年而发行的一张招贴画。历史终于承认帕斯捷尔纳克是一个受难者，并开始祈祷亡灵。冰河开始解冻，但还没有真正欢快地流淌起来。今天是个宗教节日，那位老者没有去亲近神灵，而是来做了一件他认为比那更重要的事情。

我坐在返回莫斯科的列车上，看到窗外已是一片血色黄昏，暗淡下去的树林向后飞驰，这似乎就是帕斯捷尔纳克的诗句：

……时间集中了

红色：夕阳、夕阳、夕阳……

（2017年7月6日）

棣花，小说照耀现实

杨　栗

棣花古镇是作家贾平凹的故乡，一度还是商於古道上重要的棣花驿站，曾有不少骚人墨客行旅此间留下诗句。1983年，贾平凹在散文集《商州初录》中详细写过故乡的棣花，在2003—2004年创作的长篇小说《秦腔》即以棣花老街为原型，呈现清风街上140多人婚丧嫁娶、生老病死、吃喝拉撒、奔忙求生的日常生活。主人公是夏家四兄弟，以一场秦腔中的婚礼开始，以一场秦腔中的葬礼甚至是一场泥石流为终结。贯穿始终的是“引生”这个拔刀自宫了的疯癫小孩，有与大自然沟通的灵异能力，然而对于一个村子的衰败只能是个旁观者，无力拯救。这部小说获得了2008年第七届茅盾文学奖。有意思的是，在几年的时间里，小说中的清风街却将现实中破败的棣花老街重塑，两者互为镜像。

商洛

车子开得不快，过了蓝田不久就开始钻隧道，山头极密，隧道又长，忽明乍暗，湛天青山一晃而过，就又钻进了大山黑黝黝的肚腹里去了。这样我们就轻易穿过先人们盘转厮磨的秦岭盘山道，穿山而至秦岭南坡。历史上，秦强大时会把边界线移到秦岭那一坡武关一带，楚兴盛时又会把边界线拉到蓝田这一线。我们所行所往的正是南北分野、秦楚之风融合的山地。

贾平凹的《商州初录》《商州又录》《商州再录》我竟是最近才读，而且是兜兜转转了一大圈，读过所有作品再返回头来看。写老家，写山地，写村民，看他如何消化19年的儿时体验，看他如何解决身份的冲突与犹疑，看他怎样了结一场血地和父母的世间情缘，这是何等珍贵。离自己如此近的竟会如此之远。当初朋友向我推荐他的书“商州系列”时，因他产量极高，就随手买了市面上最近出版的新书来读，竟是不对味儿。浮躁之年看《浮躁》，看不懂。后来我与那位读书极广又对人极诚恳的朋友竟也日渐地疏远，乃至断了联络。而今，我高密度地把他所有作品读下来，竟是对文字背后的赤诚感念起来，不仅日常生活里对父母多了一重理解、感恩和珍重，而且了解了他们那一代的村中“能人”是怎样的，他们的逻辑、经验和习惯是在怎样一种情境下造就的。如此一来，两代人之间本来就相互重叠的部分竟显明起来，而且尤其偏爱起了手工劳作，乃至家务活儿，对土地也再次以异样的眼光打量，虽然我们早已是土地契约的背离者。

必不是每一个人看了都有这样的效果，必不是任何时候读同一本书都有同样的效果，碰上怎样的书自有定时。如此一来，贾平凹小说中的日常蔓延到我的日常中来，读书既是工作又非工作，就这么拉伸着、提拽着，读完了他的所有作品，可真见了本尊，却又是没话说。

商洛是山间一处极其开阔的谷地，街道和楼市俨然，有一种逼人眼目的规划在里头。清流穿城，入丹江。空气透明，眼睛也就跟着透亮起来。车与人都显得稀疏，让人觉得置身于长夏将尽、游人散去的度假小镇。

于陌生之地见陌生人，我们就这么凭空地托付给了育善。言谈之间，知道他除了是位官员还是位作家。他以所著《山里的事》相赠。在拥有一扇山水大窗的小小办公室里，地上放着刚刚快递来的《钱锺书手稿集》。窗外，一脉山岭的上方尚是橘粉色，底部却渐渐沉入黛青的暮色。在清茶杯水之间，我们就慢慢搭建起一些交流的小管道。

同道先生、昭桥和我都不擅酒，他们倒也不劝。贾平凹的弟弟栽凹坐于圆桌的那一头，乍一见，心下说，这人是老了，却长得好，竟有照片上白先勇先生那样的浓眉大眼和脸型。人见多了，似乎都像在哪儿见过一样，屈指可数的几类脸。还有一位是贾平凹的同乡占朝，小小的眼睛，口音极重，但讲起话来却不紧不慢，悠悠长长，一口气说近40分钟、5个故事，个个生动，历历在目，然后捎上一条小尾巴："我就是我叔的跟屁虫，他想什么，我都知道。"育善饮了酒，红布一样的脸，闪过一丝人生快意，而这必是开心饮酒后才会展露……他们都是贾平凹在故乡的亲友。当地人，据说10个人里面至少有2个在创作，白天干活，抽空写作，自费出书，也不图个啥，只是爱好和风气。栽凹明日还有事，便与妹夫当晚回了棣花，而我们三人也安顿好行李，去丹江边散步。

如护城河般的丹江水，沿着水岸装点了彩虹灯，氤氲的水汽在混合了霓虹的色光中也能闻得到。这果真是我在北京吃的水，当中有些水分子是从这里过去的吗？那么，这里的山水倒是我饮水的源头之一了。

从北方来，从城市的暑热中来，在这样被电光彩光搅动的山水景观中，也有难得的身心放松。我们三个人边走边谈了许多无边无际的话题。印象深的是同道先生讲到文学评论之一种，单单看作家的文本，不看作家的生平与其他。再有，就是说到汪曾祺，他的才华与随和，谈到沈从文，谈到故乡对一个人性格的塑造。他们的命运，他们的书写，好像有神灵之手在拨弄和操纵，而他们只不过是传达信息的人。

翌日清晨，我们去市场上吃稠糊汤和搅团。据说贾平凹每次回来也到这里吃这个，然后，慢慢地，就有几个人围拢过来，站在旁边看，当然，是看贾先生，不是看我们。稠糊汤是玉米糁和红豆熬的稠粥，搅团是极细的玉米面搅出介于糊和膏的一大团，配了腌制的小葱和辣汤，如贵州菜“蘸水”，又没那么辣。

棣花

高速路是每 50 公里一个出口，特意给棣花开了一个出口，这对当地人的出行自是方便了不少。盘下高速路，从312国道经宋金桥进了村。贾家老宅已经翻盖，特意从渭南运来的砖，主设计人员就是裁凹。一家盖房，各家来帮忙，这在《秦腔》里有写。一村的生态即是如此。事儿是怎么来的，又是怎么消的，各个的反应是怎么样的，在《古炉》里写得深刻微细，行云流水。

裁凹迎了出来，这回见，算是熟了，我便不客气地说："小时候好吃好喝的一定尽了你了，看你长这么高。"他呵呵一笑，说："不止你一个这么说。"大门上有"嘉祥延集"的匾，一对石鼓，门槛却略略倾斜。那是村子里的阴阳师徐先生（也是不止一次出现在小说中的人物）特意给看过的，要正对着南山的笔架山。一条线看过去，近处却是要经过门口种植的一棵柿子树与柿子树下的一大块丑石。

过了屏风，站在院子里抬头一看，笔架山清晰完整，若真有一支如椽大笔，自是可以搁于这个规规矩矩的"山"字形笔架上。堂屋里挂着贾先生手写的古诗"乐意相关禽对语，生香不断树交花"，"沧海何尝断地脉，朱崖从此破天荒”，中间是钟馗像。并排的另一张桌案上方则是治家之训：“尊亲守本乃至德要道”，“光前裕后赖孝子贤孙”，中间是四个大字“絜行修善”。前头分别供奉了父、母、婆母的相片。照片上父亲贾彦春极严厉的样子，张目瞪人，好像憋着一口气。堂屋两侧各有一间小屋，20世纪80年代的旧家具，一个酒柜玻璃门上贴了女明星的挂历画，是那个年代特有的一张明澈笑脸。另一侧的小屋顶上是敞开的阁楼，可以借梯子爬上去，于是就知道了小说里提到的“到楼上翻书看”是怎么一回事。这想必是当年储粮、堆杂物的地方，现在倒分明像艺术家工作室了。可见，无论怎样的样式，都包含了它蜕变之初的功用元素。

院内两侧的厢房，东为“贾平凹之家”展馆。想不出贾平凹看见这些东西的心情是怎样的，看见自己用过的小枕头、草鞋、布书包、理发推子等物件，被郑重其事地放置在玻璃展柜里。另一侧的厢房则是栽凹和爱人老两口住着，厨房兼客厅，有个睡觉的小房间，极小的一张双人床。“这怎么睡呢，是不是太小了！”“这不小了！要是以前，这张床得四五个人睡，互相抱着，不动呢。”栽凹的爱人比画着，是横躺而不是竖卧。我立刻想到什么叫不睡“高广大床”。门口的长条桌上摆出了贾平凹的书，扉页上有签名，盖着“平凹棣花老家”的印章。我便买了一本《秦腔》，因这本书与棣花挨得最近，也对棣花的影响最大。后记中所提到的有五个人皆是真实姓名，其中，冬生和五林叔已经老去，而五林叔就是《高兴》的现实版刘高兴的父亲。引生在村中也实有其人，疯疯癫癫，也已经故去。我又买了一本红布封面、装帧相当精美的《平凹六短篇小说集》，回去送友人。

读不读书，爱不爱文学的人，皆知道贾平凹大名，因为其出名甚早，1978 年就获得了全国短篇小说奖，此后大大小小的奖项拿到手软，各种各样的书和出版著作早已等身，新时期的一个个文学浪潮当中都有其以作品见证。同行的昭桥说，“文学是一剂毒药”，我猜他是说文学的内省空间对一个普通人的侵蚀，让他开始做了白日梦。这在常人看来确实揪心，然而，如果能做到“以毒攻毒”殊为不易。文学就其本质，亦是艺术中的艺术，类似基础数学，不当吃，也不当喝。只是贾先生的秉异之处在于，他仍旧在笔耕不辍，他站在那儿，就是中国新时期当代文学史，他的作品就是中国近 40 年历史的断代史之一窥，老而弥坚，愈战愈勇。如他所言：“十几年里高高山上站过，也深深谷底行过。”“我就在其中扑腾着，扑腾着成了老汉。”（《老生》后记）只是他本人，似乎不觉得自己老，文学的王国有那么多通向现世的隐秘管道，消耗着他们，也给他们输送养分。最终，这个肉身都要灰飞烟灭，最终，所成就的也不过是内心的那一抹光亮以及这光亮所凝显之物。

不断有各地的游客来，翻一翻，带一两本书走，或者要求发快递。栽凹就把自己的手机号给他。栽凹爱人进进出出，身材苗条，染过的短发，一张眉眼俊俏的脸，穿一件印有 New York 的白 T 恤，显得干练而年轻。

两位均已退休。

“我原来教书，不在家，地要种，两个孩子要管，老人要供养，难为了她！这几年才好些……”不断有客人来，待稍微清净些了，栽凹一手端茶杯，眼光追随着爱人的身影移动，不知不觉滑出这样一句话来。女子便逮着了，说：“那些年我看这个脸看那个脸，现在倒是都羡慕我呢！”“照顾俩老人，俩孩子，还得种地……她现在倒是挣得比我多呢。我退休才3000块，她又做着一份事，多挣一份钱，一个月5000多呢！”栽凹又细细说了收入的来源，爱人就在一旁笑嘻嘻听着。

当晚，我吃了她做的浆水面：先把萝卜缨子酿的酸汤从冰箱里拿出来备用，炝锅之后下水煮面，再放些浆水，临吃时加些辣子，酸酸辣辣，如家中常吃的热汤面，只是增了一味辣。我的老家虽是太行山东麓的山地，却没有辣，十四五岁去北京的同学家，同学奶奶做的，人生第一次吃到辣，然而山民不吃河中鱼虾蚌鳖的习俗都是一致的。

与栽凹闲聊，知道村中人口聚散慢慢地转向新的规则。年轻人读书去了城市里一去不返，老家便一时成了空壳，唯独老人留守，或者跟随迁往城市里去，却又住不惯。他便诉说老人养孩子一场，图的其实只是一个盼头，人前的一份光荣和说道而已，这个盼头、这个说道，说到底究竟又是什么呢？“人老去了找人抬都不够人手……现在再有个事，找不着人喽！”不过倒是有了专职的班子帮着张罗和打理。从前是一家有事，各家来帮忙，现在是有人专职在做。这情形跟《秦腔》里写的相似：“只是这三十五席都是老人、妇女和娃娃们，精壮小伙子没有几个，这抬棺的、启墓道的人手不够啊！”

清风街

我们去村子里转悠。游客从宋金街拾阶而上，逢周末，游客甚众，男女老少，嘴里念叨的是贾平凹如何如何，嘤嘤嗡嗡，如符咒一般。你擦肩而过，待要细听，又不知其所以然。这样一个名字，的确被人叫着，高频率地提说着，而这样一个名字的肉身便凭借他的笔力，贯通文学的脉络，也贯通了现实与虚构的管道，而且，竟然是如此赫赫彰显地改造着现实，改造着根系。

娘娘庙、戏台、魁星楼，以及对面的金代建筑二郎神庙、宋代建筑关帝庙，果真在了眼前。它们立于小说《秦腔》，既是想象之物，又是焕然一新的陈迹，在其亲历者的记忆中生发，竟至溜出了想象的边界，簇新俨然……棣花老街改造成一条商铺与民宅，新房和旧屋混杂的街市，青砖墁地，“北通秦晋、南连吴楚”，商於古道上的老驿站也在街头。贾平凹手迹、白居易两过棣花而留下的诗句“遥闻旅宿梦兄弟，应为邮亭名棣花”镌刻在石牌坊两侧。古驿站本来的面目还保留着几分，夜宿的行路人又是怎样一番心境，似乎不由得去猜度一番，而我也游弋成那个山水之间有心事的行旅之人。行在齐整整的老街上，它就像一件改造后的新家具，还等着人气给它包浆，在磨砺中变得真正耐用。

一只斑斓的蓝蝴蝶总是扑闪在我们前前后后，绕圈子，竟是一点儿都不怕人，忽地落在几步远的地上，耳边溜过一句什么话，再一眨眼，它就已经不见了，就像从未出现过。老街的尽头，荷塘上叶子挤挤挨挨，密不透风的深绿。一架石拱桥在细处连接两岸，池塘水是活水，左右两股泉水从山中涌出而注入。我不由想起《商州初录》中提到的，只需一条扁平船就能从东街划到西街，水塘中的莲菜（藕）由泉水滋养而成奇特的十一单孔（我午饭只顾吃，竟忘了去求证。又因言语不通，甚觉隔了一层）。作家落笔之时，人在西安，因交通不便，回趟老家山重水复，就是出秦岭路上的故事也要大书特书。而今，我远道而来，却一路畅行，觉得比穿越作家蛛网般记忆更艰难的是山水的变幻莫测。然而造作的本性让我在这里转悠，还让我企图去抓住一些看似不变的人文地理，企图说一点什么。一条丹江山间奔流而过，于此处，群山却合了手掌，拢成这样一个圆满自在的小盆地。走过塘堤，一只青蛙突然跳将出来，个头极小又极矫健，从我的脚边倏忽跳过，跃入塘中，一瞥，竟让我觉得这只蛙是个十四五岁的绿衣少年！山水之间，恬恬淡淡，动物也有几分古灵精怪。

山坡上果然有一眼“寺泉”，两妇人在泉边捶布石上洗衣服，皂液便染了白花花一片。寺泉之上果然有一座废弃已久的法性寺，但也开始整修了，而寺之地界上一间土坯屋即是贾平凹当年就读的小学校，在另一旁则是贾家家族24口人住过的老房子，老宅前的一处空地过去放置一个大喇叭，召集村里人在此聚会、活动、议事。

村子里唯一的一棵皂角树，我也见过了。日下散落斑斑驳驳的一堆影子，似乎并没结什么皂角，再见也不一定认得出哪一棵是皂角树。皂角树旁是刘书桢的家，也是必到的一个地方。“不是鲁迅的闰土，却是平凹的高兴”，他不仅自编了对联，见贾平凹写他，也写下《我与平凹》出版了，还为游客写50元一张的斗方。皂角树底下也有一眼泉，过去供村里人饮用。贾平凹从大学回老家，来担水，站在泉边，放下扁担，蹲着看起了水面上一只蜉蝣，看得出了神，桶里的水满溢了出来，满地都是……经人喝喊一声“淹了路！”这才回过神来，挑水回家，那是1972年左右吧。

同道先生和昭桥先回了。夜宿宋金街上的客栈，花木扶疏，陈设用具简单而现代。清风明月，恰遇木南先生与朋友来度周末，携了自创品牌的凹公酒与凹公茶，共饮。

风情

第二天，晴朗的大太阳底下，去寻阴阳师徐先生。他原是贾平凹的小学同学，跟了南山的阴阳先生学本领，老先生过世后，村中谁家过事选日子、看风水、占卜等就都交给他。他也是《秦腔》里的人物。徐先生的家就在镇政府对面的一片巷道里，水泥磨得锃亮的二层楼，只是门口巷道狭窄得很，地面崎岖，坑坑洼洼，角落里是人或狗的便溺，对面是三四十年前的土坯屋。两妇人站在巷道里大声说话，头上的大树森森然喧响，沉静的阴凉扑落下来。啪啪啪地敲门：“徐先生在不在？”“出去了。”有人过世，请徐先生去了。徐先生不在家，大忙人。就这么错过徐先生。也是在这巷道不远，一家经营土特产的“农村淘宝”网店，logo（徽标、商标）上写着：人好货好啥都好。

走在镇街上，见鹤首鸡皮两老者，手指相扣，颤颤巍巍，慢悠悠地走着，大太阳底下，行在街市上，算是一景。我感觉有趣的是当地人如何表达情谊。

“我年纪大了，耳朵不好，你听见我说什么，我听不见你说什么，你不要生气。”说话的老者87岁，住在距此四五十里地的村子里。今天，他出来，偶遇了一起打工的伙伴。那时，他们还年轻，一起修桥、铺路，在工地上干活。

又在宋金街，我看见一对年轻男女坐在小小的竹凉亭子里说话，都弯腰趴在茶桌上，从侧面看就像一个人，过一会儿，女子直起身，扬起一张笑脸。远远地听不见他们在说什么，那么私密、快乐，就像一部默片。

棣花社区站，干部要办的职责写了整整一面墙，负责给开什么证明都写得清清楚楚；门口的公告栏里张贴公示着救助款发放者的姓名。小姑娘在前台恭候，她一个月工资 2600 元。对面一些房屋在建，说是将来作家们可以来此驻地写作……

故乡与贾平凹文学世界的管道明摆着，闪亮着，旁若无人，可是作品的发酵与营造却没人看得见，说得清。手艺人的工坊并不需要多大地方，只是凭心力和眼力，以及手上的感觉。

（注：更多棣花风物参看贾平凹散文《商州初录·棣花》、长篇小说《秦腔》及其后记。）

（2016 年 10 月 13 日）

从白云山馆到裸心堡

赵柏田

上

每次上莫干山，总要想起民国外交家黄郛。想起他清癯的脸，山居的苦闷，与妻子沈亦云的相濡以沫。今人爱看离奇曲折的爱情传奇，在我看来，他们俩相守于乱世，度此贫贱日子，那一点相惜与相敬才是最真实动人的爱情。

当初夫妻结缡之初，同游镇江焦山，黄郛担心自己寿不永年，托妻子将来为自己写传。未料一语成谶，黄郛在全民族抗战爆发前撒手西去，沈亦云晚年流落到大洋彼岸时，果然写下一本《亦云回忆》，记录下先夫的心迹之苦、行事之难，他与世浮沉中种种的伤心与委屈，也记录下她对这个男人的爱。这本书，今天仍是黄郛一生最好的传记。

她一直叫他“膺白”。膺白是他的字，意思是宅心纯洁。他是她见过的天地间最纯洁的男子。

1928 年夏天，黄郛冒着大雨下山，去三桥埠接从杭州坐小火轮来的妻女。当他们上山时，雨水漫得满溪满谷，好几处都要涉水而过。他们摘下巨大的树叶遮挡手提灯笼，好照清前面的路，赶到旅馆都已午夜，女儿熙治在怀里都已熟睡好久了。次日一早，女儿醒来，见山头屋宇都在眼下，惊呼出声，以为与天已近。每每读及这一节，总有一种人伦的暖意。

他们俩一个志在山林，一个喜逐水而居。因为爱之深，她也答应了他，隐于这山中了。他们购入的莫干山509号，原来是一个叫琼斯的英国人的产业，名叫春园，室内家具皆现成，床榻碗盏俱备，两人都喜简朴，乐得现成，用的都是琼斯家旧物。其他需添置的铺陈，包括器皿的颜色，亦都尚素雅。特多的是书，从天津搬回上海，又从上海搬来。在山麓盖了个藏书楼，家具、书架再从上海购来。卧室也一分为二，前半间作书房，后半间放床。

商量给这屋子取个什么名字好，两人几乎都脱口而出，就叫白云山馆吧。那是从两人名字中各取一字，也是珍重此生之意。

两人出则竹杖芒鞋，入则左图右史，常经岁不下山，在乱世中还真做起了一对神仙鸳鸯。此地虽为沪杭地界上瞩目的避暑胜地，一年中也就盛夏时节人多，过了七八两月，大多是空山不见人的。山上湿气重，字画都易发霉变坏，稍微名贵一点儿的都不敢挂出来。有时暴雨冲垮了山路，山下的食品送不上来，只好靠存粮度日。外人心羡他乱世中觅得这一别业，日常里日子的拮据，也只有自己知道。

此地有丝茶之利，却民生凋敝。黄郛顾念乡村为国家之本，以入山的庾村为中心搞起了乡村建设。办学校、办农民夜校、推广优良蚕种，各项事业一一开张，以至一时间山上山下农人说起509号屋主人，莫有不知。他兴兴头头做着这一切，外人以为他要终老山间了，其实也不过是国难之际受命负责对日外交，焦头烂额、无济于事时的一个安慰。

今人提起20世纪30年代中国的乡村建设，只有三个先行者：一个是在山东邹平的梁漱溟，一个是在重庆北碚的卢作孚，再一个就是在莫干山的黄郛了。

这个男人喜欢园艺，一空闲下来就修剪庭院里的树枝。那个园子，用他的说法是门外千杆竹、园心一片松，总被他修得十分整齐。园艺之外，他对建筑也投入了无穷热情。他最得意的手笔是把楼梯做成了壁橱，有三个方向分七个门，分别安放碗盏、报纸、雨具、煤油灯、蜡烛台等。事毕，他像完成了一个大工程般，叫妻女都来参观他的发明。他沉浸在这一大堆木料和石方中，乐此不疲。只有那时候，他才能忘掉外面那个让他忧心的世界。

四月，遍山始花，杜鹃花尤盛。亦云知二妹性仁是个爱花人，亦爱昆曲，就用《牡丹亭》中的曲语发去一信，约她上山看花:“此地遍青山啼红了杜鹃。”性仁回信说，她到南京邀了三妹性元一道来，先回嘉兴老家扫墓，再上山赏花。清明时节，性仁、性元在山上盘桓整十日，临走添了不少大筐小包，里面都是山中的野兰花、野杜鹃，还相约明年再来。

春季花开或秋季稻熟时节，是一家人顶开心的日子。他们坐轿游山，从这村走到那村，有时借农家一席地吃自带的干粮，或做一锅饭慰劳轿夫。山路崎岖，轿夫走得喘气，黄郛就下轿自己行走。唯当黄郛下轿行走，在后面的亦云看着心疼，日后忆及，总说“膺白惯走崎岖的路，像他在世时的命运”。

1936 年年底，黄郛故去，但亦云觉得，只要继续留在山上，继续去做他留下的乡村改进事业，那么他就没有离开她。以后的 10 多年，莫干山的杜鹃花开了又谢，谢了又开，白云山馆阶前的荒草荣荣枯枯，遮没路径，四时的更迭，总触动她对亡夫的思念。她只是觉得，陪着他共患难的日子太短太短了。

她一直想写一本书，然而国事板荡，烽火未歇，战事激烈时，还不免流离之苦，她一直没有安心写作的时间。直到1950年离开解放了的中国，定居美国，她才开始写那本叫《亦云回忆》的自传。在书中，她说：

> 有人以为记着历史是自沉于过去，我不敢。有人以为表彰身后，我亦不尽然。历史并非仅英雄豪杰之事，是成此历史的民族生活记录。亡国不能有历史，草昧难有记录，贡献一点事实，即贡献一点历史；历史的尺度，可能为人道的尺度。

下

那一日，阳光和煦，作家张林华一大早就带着一帮朋友在裸心谷边喝茶边等我们。我读过林华兄以“晚生华发”为笔名出版的一本书《世道人心入梦》，知道他是武康三桥埠人。我问他莫干山509号的白云山馆在哪个位置，林华兄遥指了指山腰，说了个大致方位，还说那一片的民国老建筑很多。

这真是一个到处都是故事的地方。在莫干山，随便一抬脚，说不定就踩到了一部民国史的沉香碎屑。除了黄郛夫妇购得的509号，我又识得了：126号的皇后饭店，纯欧式风格，由浙江兴业银行大股东蒋抑卮于1934年兴建；410号的静逸别墅，原主人是传奇的湖州丝商出身的张静江；550号的松月庐，业主是上海著名船商陈永青，他把房子建在陡峭的山岩上，设计成了一艘船的形状。1948年“金圆券”发行前夜，蒋介石就是在这里与王云五等人秘密召开了币制改革会议。还有竹径深处的546号的林海别墅，原主人是张啸林，以及547号的杜月笙别墅，他们都是20世纪上半叶上海滩最具传奇性的人物。

林华兄带我们去探访的裸心堡，人称莫干山1号别墅，或许因为它建造的时间最早，在这片老房子中资历最老。这个城堡原先的主人是一个叫梅滕更的苏格兰传教士医师。他是1881年来到中国的。

那时，这个年轻人刚从爱丁堡大学医学院毕业，受英国基督教圣公会指派前往中国。和他一同出发的，是他未来的妻子、19岁的护士南丁格尔·史密斯。他们到杭州是来接手一家有着教会背景的医院——广济医院（浙江大学医学院附属第二医院的前身）的。

梅滕更医生在这家医院服务了45年，从一个帅小伙干成了一个白发苍苍的老头，1926年退休后回了爱丁堡。到他离开时，广济医院已经从一家简陋的小医院成了全国最大的西医医院之一，可以照护4000多病人。

在杭州时，梅滕更对城市北部靠近湖州的莫干山特别钟情。大约在1890年，时年35岁的梅滕更来到莫干山，立刻爱上了这个风景如画的地方。他说："这是一个极好的地方，它这样安静、平和，这里有阴凉的小径，竹林也很美，悲痛的孩子们一到这里，健康状况就开始改善。”

不久，他就买入了位于炮台山的一块地，开始在这里建造一个英式古堡别墅，即莫干山 1 号别墅。别墅建好后，据说林子里还有网球场和游泳池等。除了他带全家来这里避暑，广济医院的员工也轮流上山避暑，一些教会人员和重要的捐助者也在此接受免费疗养。

据说梅滕更每次上山时，都会出钱雇一个当地的信差，手提铜锣边敲边喊：“梅医生上山喽！”这样，他还没进家门，病人们就已在古堡前排着队等他了，有好些还是麻风病人。

那个时候，麻风病是一种极为恐怖的病，几乎到了令人谈之色变的地步。梅滕更一直在收治麻风病人，直到今天，当地还流传着梅医师舍身行医的故事：在圣约翰教堂，梅滕更和他的医生们与麻风病人围坐成一圈领取圣餐，同喝一只杯子里的酒。

1926，梅滕更回苏格兰后不久，中国发生了革命，南方革命势力推翻了北洋政府，建立了名义上大一统的中央政府，张静江出任浙江省主席。张静江在国民党内是一个中间偏右的人物，他治浙时，致力于把莫干山上的一些外国人产业收归国有，莫干山1号别墅曾经挂过莫干山管理局的牌子。后来，梅滕更的长子梅雪亭与国民政府打官司，城堡又还给了他。当时张静江为江南汽车公司董事，后又以公司的名义从梅雪亭手里买下城堡，并改建为绿荫旅馆，招待政商两界的要角。

曾经的莫干山1号别墅已经在1960年的某一个雨夜倒塌了，我们现在登临处，乃是它的一个转世，去年刚建成不久，叫“裸心堡”。从外形看，它和老古堡一个模样。它现在的主人是一个中文名字为“高天成”的非洲人和他的中国妻子叶凯欣。

这个非洲人是威士忌和飞蝇钓的爱好者，也喜欢到处穷游。他讲了一个重建古堡的故事，也是一个与酒有关的故事：

1997年，他和女友去苏格兰旅游，来到靠近爱丁堡北部的位于克里夫的“格兰塔”酒厂（那儿离梅滕更的家乡不远）。他参观了酒厂并品尝了不同年份的陈酿威士忌，立即爱上了它的口感，并花了仅有的 15 镑买了两瓶。他说，这种威士忌的口感既不甜也不属烟熏味，味道之特别，在于你第一次品它时不会感到惊为天人，但回味足够悠长。

10 年后，已经在莫干山建成了首个度假村裸心乡的高天成在山上的一次骑行中迷了路，他说，“那是个美丽的意外”。因为那次迷路使他和妻子在山顶的森林中发现了古城堡的遗址，并且知道这里就是传奇的莫干山 1 号别墅。然后他有了一个愿望，把埋在地下的城堡遗迹清理出来，复原这个古堡。

2015 年，施工中挖掘到了一块刻着 Glengurret（格兰塔）的巨石，当时这块石头已经与周围的泥和土连成一体了。看着这几个字，高天成想到了 18 年前对爱丁堡格兰塔酒厂的那次造访。他觉得这一切太奇妙了，就如同这种威士忌酒本身，耐人寻味。

他想搞明白，100 多年前，梅滕更医师建造这个古堡式别墅时为什么要在巨石上刻上这几个字。格兰塔酒厂的老总说，他们也不明白为什么梅医师要在这块巨石上刻这几个字。一名来自布里斯托大学的中国问题专家推测，这是梅滕更为城堡取的名字。梅滕更来中国前，曾在格拉斯哥一个船场工作，那里有艘船，就叫格兰塔。

“裸心堡”落成时，高天成把梅滕更的名字刻在了一块石头上，“大卫·邓肯·梅滕更，1856.06.10—1934.08.30”。或许在他看来，他来这里开发民宿，说到底和100多年前那个传教士医师做的是一回事。他们还有共同的一点，对莫干山都是一见钟情。当然，这个非洲人不可能知道民国外交家黄郛的名字，更不会知道黄郛夫妇在莫干山所做的乡村建设，不然，一定要引黄郛和沈亦云为前辈了。

（2017年7月27日）

低处的赫拉巴尔让我们仰望

——捷克布拉格行记

宁 肯

2013 年冬，在地铁上，我站着，读赫拉巴尔的《过于喧嚣的孤独》。小说名与周围情形完全一样，喧嚣，过于拥挤的喧嚣，除了我在读书——恰巧又是这本书——都在看手机，多是看视频，打游戏，戴着耳机。我甚至有点不好意思，我的的确确不是这么故意孤独，好像宣示什么，不是。我知道像我这样的不适合公共场合，我惶惶不安，我只有读这样的艰涩的书才能忘我，忘掉周围，打发掉如此不堪的拥挤的时间。当日我在自己的领地（我也有微博）写道："地铁，赫拉巴尔，《过于喧嚣的孤独》，许多日子站着，或坐着读，换乘之后继续，竟然快看完了。多数时是站着，今天一个小伙子捅了我一下，示意有一个空位，让我坐。空位在我们两人面前，他胖乎乎的，在听手机，耳机的白色导线与黑边眼镜有种特别味道，很时尚，车内很喧嚣，但又很安静。"事实上他离空座更近一点，比我站那儿早，理论上座位属于他，他本可理直气壮坐下，但他叫我，而我坚决拒绝了。我们之外的一个姑娘迅速坐上，我继续读，忘我。

2015年，我去过赫拉巴尔经常喝酒的金虎酒吧，2017年也去过，而且以后有机会还会去。人以类聚，物以群分，你不必非要绝对成为什么人，但要找和你相近的地方。金虎酒吧位于布拉格老城区，是布拉格非常个人化也非常平民化的作家、诗人、艺术家、导演每周二相聚的地方。赫拉巴尔由于每次必到，有自己的专座，每个周末这个座位都会等他。即使有人坐在那里，赫拉巴尔来了人们也会起身相迎。赫拉巴尔在废品站工作，是废品回收站的打包工。

哈维尔是赫拉巴尔的朋友，1994 年美国总统克林顿出访捷克，请哈维尔介绍认识赫拉巴尔。哈维尔当时是捷克总统，向赫拉巴尔传递了口信。见面地点当然是总统府，从哪方面说都该如此，但赫拉巴尔认为克林顿要想找到他很容易，他应该知道他每周二去哪儿。克林顿一听说去酒吧找赫拉巴尔也来劲了，会见的场地就定在了金虎酒吧，由哈维尔总统陪着。结果那晚三个人就像平常人一样，像酒友一样，在热闹的金虎酒吧见面了，喝啤酒，大笑，海聊，脸红脖子粗，击掌，手舞足蹈。如今他们的合影一直挂在金虎酒吧的墙上，每天酒馆一开门，就涌进不少慕名而来的人。赫拉巴尔、克林顿、哈维尔重新创造了金虎酒吧，让金虎酒吧成为一个驰名世界的文学地标。如今在赫拉巴尔固定的座位上方，挂着赫拉巴尔、克林顿、哈维尔在一起的照片。设想在总统府见面，那算什么呢？一次外交活动？一次最高权力对艺术的临幸？那样无论是对赫拉巴尔还是对克林顿都是贬低。权力并不高于生活，也不高于艺术。权力是公器，公器抬高的个人是短暂的，而艺术生活常青。赫拉巴尔始终没把自己和生活分开，在一次访谈中他说："对于我来说，最重要的是生活，生活，再生活，观察人们的生活，不惜一切代价参与任何地方的生活。"

赫拉巴尔出生在布拉格边上的宁布尔克小城，中学毕业之后进入欧洲最著名大学之一的查理大学，获法学博士。35岁这一年，赫拉巴尔做出了影响一生的决定，独自来到布拉格，住进了破旧贫民区，在一个由废弃的车间改造的大杂院里一住就是20年。他每天早出晚归，到钢铁厂劳作，后来因工伤离开钢铁厂，又做过各种工作，包括废品回收站的打包工。以普通人的眼睛观察普通人，生活给了他人的信念，也给了他奖赏，他与米兰·昆德拉、伊凡·克里玛被称为捷克文学的"三驾马车"，某种意义上说赫拉巴尔是最接近普通人的马车。

赫拉巴尔的中国出版人、作家龙冬先生旅居布拉格时，经常去金虎酒吧，与赫拉巴尔生前的酒友喝成了酒友。有一次龙冬到了金虎酒吧以后，大声问马扎尔，“赫拉巴尔在哪儿？”马扎尔一愣。“赫拉巴尔先生呢？”马扎尔突然猫下腰对着桌子底下喊，“赫拉巴尔先生，你出来！”赫拉巴尔当初没少钻桌子。

尽管赫拉巴尔1997年已去世，尽管生性有着某种布拉格精神的龙冬没见过赫拉巴尔，但他对赫拉巴尔熟悉得就像当年赫拉巴尔的酒友。马扎尔是赫拉巴尔的忘年交，每周二金虎酒吧的常客，工程师、摄影家，经常去赫拉巴尔的森林小屋协助管理，后来见龙冬这么热爱赫拉巴尔，就将赫拉巴尔生前的一支钢笔相赠。

2011年9月到10月，龙冬在布拉格1区安奈斯街13号租了房子，距老城区的查理大桥只隔一条街，是一栋三层明黄的小楼，建于1671年。房间里不许抽烟，走廊摆着两把编织椅子和一个茶几，茶几上的烟灰缸内总有未熄灭的烟屁股，地上常有几个空酒瓶。但一个月时间龙冬从未发现吸烟的人、饮酒的人。或许每次龙冬出来，廊上的人便倏忽消失了？走廊是最孤独的地方，哪怕相互完全陌生也不愿在此见面，当然酒吧不同。如果绝对的寂静的孤独是不能碰的，那么喧嚣的孤独是人之所需。两种孤独都不可或缺，但不能搅在一起。你要抽烟了，好吧，我让开，我退场，这儿是一个人的舞台，一个人之舞，是心放外面的时刻。寂静的龙冬离开一个人的舞台后，经常迷失在老城区的小巷。有一次回来几乎走到了住处，结果提前拐入一条小巷又远离了住处——在宁静的巷子里，我的身前身后都有醉鬼，单手扶墙大叫的，如同朝圣匍匐在地爬的——龙冬在《喝了吧，赫拉巴尔》一书中写道。继续走，路过瑞塔左瓦小街的卡瓦拿酒吧，看见里面还有许多人，我知道这是“地下”作家和艺术家的聚会场所，是真正意义上的作家聚会的地方——我继续沿瑞塔左瓦小巷走，左拐，进入胡苏瓦街，连续推开两道门，进入金虎酒吧。

有一天，就是这时，龙冬先生冲着喝多的马扎尔喊：

“赫拉巴尔先生呢？”龙冬带我去了所有我认为我该去的地方。

赫拉巴尔曾经工作的废品收购站

2017年5月3日，坐了10个小时飞机的我与龙冬，以及一行人非常疲劳，晚上想早点休息，但龙冬说在布拉格不能休息——布拉格怎么能休息呢？于是他拽着我们沿街暴走，逛他熟悉的酒吧，一路滔滔不绝，梦里不知身是客，仿佛讲他的城市。走来走去，走到了安奈斯街13号——他7年前租住的房子。他指给我们看，兴奋地讲述当年，讲述街上有多少扶墙而行的酒鬼，他是其中之一，他走过了自己的家……他指给我们看他走过的地方。过了他租过的房子，他又非带我们去“地下”作家酒吧看看，喝上一杯。这个晚上赫拉巴尔好像租了龙冬，好像他们是一个人。已经快深夜12点了，他甚至要喝第二杯，他笑眯眯地说：你们应该体验一下这里“地下”的意义：“地下”就是抵抗，以前是审查，现在是市场经济……我尊重龙冬酒后才有的思想与活力，这活力既深刻又天真，这是中国文坛特别缺少的。我再次确认了龙冬有一种布拉格的东西，一种异类的东西，一种必须由衷尊重的价值。

因为在法兰克福歌德学院有一场中德文学交流活动，第二天一早我撇下布拉格先去了德国，转了一小圈后又重返布拉格。这时布拉格之旅才真正开始，开始得有点奇特，仿佛旅途中的插播广告。我必须说：这是第三次来布拉格。但我也必须再次怀疑 5 月 3 日那个晚上是怎么回事。主要还有当日下午“十月作家居住地”的酒会、与捷克 Verzone 出版社签订出版《天·藏》的仪式，这些都怎么回事？是第二次吗？我有纠缠的毛病，翻来覆去的毛病，这是我和龙冬不一样的地方。

赫拉巴尔的布拉格——当然是一个和卡夫卡不一样的布拉格，但同样都体现了共同的布拉格。那个打包工汉嘉不就是另一个 K 吗？“三十五年了，我置身在废纸堆中，这是我最爱的。三十五年来，我用压力机处理废纸和书籍。三十五年中，我的身上蹭满了文字，俨然一本百科辞典，我用压力机处理掉的这类辞典无疑已有三吨重，我的学识是在无意中获得的……”这是赫拉巴尔自己的写照。在地铁上读《过于喧嚣的孤独》，读不断的“三十五年”的句式，读那种寓言般的打包工的环境，没法不让我忘记车厢内拿着手机阅读的人们。

龙冬轻而易举地便把我带到书中的废品回收站。当他指给我看焦街10号，说这就是赫拉巴尔工作的废品站，我觉得就像童话，像一种即兴的口头文学，觉得有点不真实。真的是吗？我不知道自己是站在地铁里还是站在布拉格大街上，废品站差不多在布拉格市中心，离瓦茨拉夫大街——当年苏军坦克从天而降的地方——不远。焦街10号是一幢五层的楼，废品站在楼房的地面以下部分，从紧锁的铁门望下去有个地下天井，当年拉运废纸包的卡车过秤的地方就在这里。当然，现在这里已不是废品站，而是一个车库，但大门旁的纪念铜牌标明赫拉巴尔曾在此工作。赫拉巴尔，或者汉嘉，或者别人，在这儿将一册册、一捆捆、一摞摞人类的经典压紧，打入废纸包，装上卡车拉走，变成纸浆。

“三十五年了，我置身在废纸堆中……三十五年来，我用压力机处理废纸和书籍。三十五年中，我的身上蹭满了文字……我看到整个布拉格连同我自己、我所有的思想、我读过的所有的书、我整个的一生都压在这个包里，不比一个小耗子更有价值的一生，在我的地下室同废纸在一起被社会主义突击队压碎的小耗子……”

这是一种怎样的情景？

这不仅仅是布拉格——捷克作家从布拉格出发，却绝不止于捷克。卡夫卡是这样，哈谢克是这样，哈维尔是这样，昆德拉是这样，克里玛是这样，赫拉巴尔是这样。还有塞弗尔特、里尔克——两位就出生在焦街上，龙冬指给我们看，非常小的名牌，我要掏出眼镜看。

捷克绝对是个大国，大得没有边际，在此翻译出版自己的作品让我感到一种特别的荣幸。我唯有致敬，以阅读的方式，甚至在地铁上的阅读。有些事情和苏珊娜有关，她的中国名字叫李素。我们以前多次见面，这次又见面了。在北京，在布拉格，李素多次谈到翻译我的作品，这次在布拉格酒会上夙愿终成：她来翻译我的近40万字的长篇《天·藏》。酒会上我谈到西藏，我的高原经历，李素及其他在场的捷克诗人以设问的方式谈到西藏对中国作家的意义，龙冬自然更是亲切地谈到西藏。西藏是那天中捷作家、诗人、出版人见面酒会的主要议题，就在“十月作家居住地·布拉格”——一幢六层公寓楼的顶层，视野非常好。

还是10年前，2007年，我跟李素相识。那年我给了她刚刚出版的《环形女人》（后更名《环形山》），那时李素还是北大的学生。我清楚地记得是在艾丹兄弟俩在长虹桥开的“食堂”里，龙冬也在，对，想起来了，就是龙冬把我介绍给李素的。那时她留着短发，非常年轻，学生样儿，穿一件红上衣，端着红酒，惊鸿般地美，汉语说得很棒。李素读了《环形山》过了很多年才跟我说，她非常喜欢，她以后会翻译的，并提到我和中国作家不一样，像中国的外国作家。在中国而言，这当然是一个有多种解释的评价，但想到普鲁斯特说过希望自己的作品看上去像外国作家写的，我感到某种复杂的释然。那时龙冬就在推广赫拉巴尔，而我也在那时第一次知道了赫拉巴尔，我记得龙冬对李素——那时还叫苏珊娜——说：我是捷克文化的爱好者、推广者，你能不能让捷克邀请我去一次捷克。龙冬酒后红着脸笑眯眯的样子极其可爱，赤诚、天真。他说的是玩笑话，但也是真心话。赫拉巴尔在中国慢慢广为人知、火起来和龙冬后来也就是2011年去了捷克有关。当然，推广赫拉巴尔，不是为了去捷克，谁都知道，是天性使然，天性里龙冬有赫拉巴尔的东西。

十月作家居住地：另一种布拉格精神

这次来布拉格也与龙冬有关。

有一年，徐晖在北京要找龙冬，结果没找到，回到布拉格，两人在老城区街头撞上。两人谁都不认识谁，通报了名字，结果正是互相要找的人。布拉格就是这样神奇，有时就像做梦一样。徐晖来布拉格已有20多年，与妻子韩葵经过打拼有了一些根基。妻子韩葵已在国内出版了《布拉格布拉格》一书，颇有影响。在布拉格，龙冬时常去徐晖那儿，有一次谈起写作营居住地的话题，两人一拍即合：在布拉格搞个作家居住地，请中国作家来此居住写作。居住地不需要大，一室一厅足矣，徐晖有这个实力。只要无偿提供这么一套房子，国内找合作伙伴不难，龙冬打了包票，然后他们就一起看了房子。梦想者与梦想者在一起会发生什么？就会发生这样的事儿，看起来不可思议，而在他们看来却再正常不过了。特别在布拉格，梦想产生的梦想总有点炼金士的遗风。

徐晖、韩葵夫妇在布拉格老城区一幢新艺术风格的老公寓楼的顶层买了一套一室一厅的房子，无偿提供给了《十月》杂志；《十月》杂志邀请国内作家，提供机票，作家食宿自理，住一两个月。大家一起做梦，文学之梦有时就是这么简单。也因此，没有这样简单的梦，哪有复杂的《盗梦空间》？

就这样，“十月作家居住地·布拉格”诞生了。站在居住地凭窗远眺，可见到宏伟的布拉格城堡和老城中心市区。100多年前，捷克文学史上的标志性人物、著名诗人马哈就曾住在作家居住地隔壁的楼上，在那里创作了代表作《五月》。“五月派”的代表人物之一，捷克女作家卡罗琳娜·斯薇特拉也曾居住在这栋楼里。如今，国内已有余华、马原、吴雨初、叶广芩、韩少功等作家在这儿居住写作，深入欧陆。这就是梦，就做成了，你不能说这不属于布拉格精神，哪怕发生在中国人之间。布拉格从不把自己仅仅看作是布拉格，也正因为此，又是十足的布拉格。

他的故居标牌钉在马路上

我获益于赫拉巴尔，获益于卡夫卡。通过赫拉巴尔我从另一个界面更多地了解了布拉格，理解了人，人的可能，人的殊途同归，人的丰富、统一、困境、梦。龙冬的热情远没有结束，他带我们看了赫拉巴尔住了

20年的大杂院，尽管因修地铁已经拆了，但他还是兴奋地指着马路当间的一块铜牌说，看，这是世界上最奇特的故居标牌，它钉在了马路上！的确非常奇特，不停地有人和车过来过去踏过铜牌。据说钉铜牌那天是赫拉巴尔84岁生日，是1994年的一天，那天人们簇拥着赫拉巴尔，他坐在当街一把折叠椅上大喝啤酒，眼看着把自己故居的纪念牌嵌进路面。嵌进路面是赫拉巴尔自己的主意，政府本想搞得严肃一点，但赫拉巴尔执意如此。

到了赫拉巴尔过世的医院，其实这地儿是不必去看的，但龙冬也像赫拉巴尔一样执意，非让我们看一下，并且如数家珍一般讲述当年的情景。马路对面有一幢五层的白楼，赫拉巴尔住在四层，我们看到了。赫拉巴尔之死至今是个谜：坠楼身亡。有人说是自杀，有人说是他够窗外一只小鸟。我倾向于后者，但这有什么不同吗？或者太不同了，他随小鸟而去，他根本就没有坠楼，他的魂魄在下坠那一刻脱身而去。

克斯科森林，赫拉巴尔写作的林中小屋，距离布拉格老城区有三四十里。不是原始森林，就是一片普通的次生林，疏密得当，自自然然，林中有大大小小的木屋。无论大小都不豪华，好像就不允许豪华。如果自然界不是豪华的，房子怎么可以豪华？这是种理念。无论谁看好森林一块空地，履行必要手续，简简单单，叮叮当当，要不了十天半个月，一个两层或一层木屋就搭好了，通常房内陈设简单、自然。林间有公路，站亭，有 429 路和 443 路车，应该是布拉格城区所属开得最远的公共汽车，开到这儿就算开到头了。每个周末赫拉巴尔从家出来，坐有轨电车，然后倒 429 路或 443 路车来到他的森林木屋。一周了，他要先喂喂他的猫。“它们盼星星盼月亮盼着，这儿的猫就像他的儿女”，龙冬就像讲自家老爷子般讲着赫拉巴尔。夏天，赫拉巴尔常常在房前空地上写作，就是露天写作，猫缠在他的脚边，打来打去，咬他的鞋，挠他，翻肚皮够裤脚。太阳晒得打字机很热，那些天马行空的文字沾着草木清香，源源不断从打字机上蹦出来。它们不乏伤感，却包含着幽默，带着天然的阳光。

公共汽车站亭当然还在，边上多了两只木猫。不用提赫拉巴尔，这两只猫代表了。来的人会在这儿照张相，我们也不例外。赫拉巴尔的小屋早已易主，栅门锁着，只能隔门向里张望。新主人不在，也没有猫，空地上的长桌还在，草木蓊郁，甚至露天写作的椅子还在，好像新主人从未在这儿住过。一切未动，一切还都是原样。只是没了猫，猫变成木质的，在车站。

还是有点失落，能进到屋里就好了。

赫拉巴尔常去的酒吧，也没开门，太不巧了，感觉仿佛有意拒绝的意思。其实不是，只是心切，有点过敏。果然，不知为何酒吧门忽然又开了，又营业了。森林只这么一个酒吧，分屋里和露天两部分，背后林木极其茂盛，不少树木东倒西歪，仍郁郁葱葱，几乎不能穿行。有个小广场，靠近公路有个木亭，亭中有泉，哗哗之声甚是好听，声音非常明确，和小溪小河不同。有两三人在此排队打水，大大小小，各种瓶子，包括可乐瓶子。

酒吧一看如故，这里变的少不变的多，赫拉巴尔常坐的桌上面有他的照片，用的啤酒垫也还在桌上。钟挂在吧台后面的黑色原木架上，与酒杯天然在一起。看，这里真的一切都没变，时间停止了，或者钟上是赫拉巴尔时间？没有秒针嘛，是一种装饰？我正看着，忽然发现分针在动，甚至时针也在动。我看了下手机，时间完全一样，时间没有停滞。但是为什么把秒针去掉了？任何一个时间点仍是赫拉巴尔时间？

赫拉巴尔写了一早晨，又一上午，快中午时到了这儿。要了一扎，又要了一扎。他还喜欢在露天喝啤酒，屋里喝两扎，屋外喝两扎，看心情，要是写作顺利就只在屋外喝。有一天他已喝了四扎，心满意足，准备吃点东西，那边喧哗起来。龙冬说，原来是一个老妇人在推销墓地。赫拉巴尔端着啤酒走过去，在老妇人身边坐下，说，今天是他妻子生日，他想送妻子一件礼物，这块墓地他要了。赫拉巴尔说再没有比墓地更好的生日礼物了。赫拉巴尔那天没有喝多，事实上这块墓地也是买给自己的，果然他后来和妻子葬在这块生日礼物上。我不知道怎样评价这事。

我们一行也都要了啤酒，在已经很老的黄色的遮阳伞下，我们坐了一排。这时，忽然从那边过来一个老人，问了句什么，我们谁都没听懂。老人瘦瘦的，两手揣兜，稀疏的胡须，戴黄眼镜，头上顶着一顶短檐小圆帽，眼神茫然、温和、迷离，如果一棵树有眼睛，就是这个老人。“赫拉巴尔的朋友”，但是没人响应。我神经起来也会溢出时间的。没人回答老头，老头揣着兜走了，走得很慢，消失后就好像从没存在过一样。但我认定这是赫拉巴尔的朋友，甚至就是赫拉巴尔本人，他以另一种方式迎接我们。但还是隔着什么，所以他像迷路了一样。是，人到一定程度就像表一样，走不准了，这老头难道不是货架上另一款表吗？是同一时间。当然，年月可不一样。遗憾——不管是谁的遗憾，都是题中应有的遗憾。

宁布尔克小城有了赫拉巴尔牌啤酒

宁布尔克，赫拉巴尔的故乡。穿过克斯科森林，走高速公路很快即可抵达。赫拉巴尔出生在布尔诺，5岁到了宁布尔克，童年、少年和青年都在宁布尔克小城度过。小城对赫拉巴尔意味着什么？意味着他与哈维尔的区别，与昆德拉的区别，与克里玛的区别，更重要的是他将这一区别做到了同等的高度，如果不是更高。他的个性有小城的烙印，也有布拉格的烙印，两者混合出一种独特的人生或哲学，植根于人的最底层（打包工）最普通最日常，又有绝对的独立性。伦勃朗的意义在于他画的虽是最普通的人，但总有一种光照耀，这光使普通有神性。赫拉巴尔也是这样，其神性正是植根普通的个性，一如伦勃朗的个性。

所以必须到宁布尔克小城看看。小城阳光很好，非常安静，仿佛世世代代有一种均衡，一种与时间同步的定力。市中有个尖顶教堂，一个小广场，淡黄色的房子，一条通向啤酒厂的主要街道。拉贝河在城边上静静流过，它在捷克叫拉贝河，在德国叫易北河。赫拉巴尔的继父曾任啤酒厂的厂长，住着很大的房子，有保姆和家庭教师。在到宁布尔克啤酒厂访问之前我们先看了这座长条房子，它现在看上去依然很大，有花园、露台。赫拉巴尔小时有保姆、家庭教师，过着少爷的生活，直到读完了法学博士，忽然一头扎进了布拉格最普通的生活。这一跨度与许多所谓写底层的作家不同，更不同于来自底层的作家，赫拉巴尔的复杂性正在这里。

那天二战胜利日，啤酒厂放假，大门敞着，有栏杆拦着，门卫不让进。在门口徘徊，龙冬带我们拐进了栏杆外的一处平房，说那是赫拉巴尔描写过的啤酒厂的马厩。正看着，忽然门卫大妈喊我们，并且抬起了栏杆。这是要放我们进厂，原来知道了我们是冲赫拉巴尔来的。赫拉巴尔同啤酒厂的关系非同一般，这不只是因为他的继父做过厂长，也不只是因为赫拉巴尔描写过厂房，房顶的大烟囱、马厩，他住的啤酒厂的长条房子——他的小说《婚宴》有这样的描写："他将一座长条房子的墙面给我看，还告诉我哪个房子是他曾住过的房间……我们沿着长条房子，一直走到我未婚夫指给我看的又一个地方，那里曾是温室和蒸汽室。"不仅如此，而且现在啤酒厂生产的啤酒就是以赫拉巴尔名字命名的，叫“赫拉巴尔啤酒”。

宁布尔克啤酒厂建于1895年，一直不算大，现有职工100多人，啤酒年产量15万吨。1987年，啤酒厂的人想，既然赫拉巴尔与啤酒厂渊源这么深，他又有这么大名气，这么爱喝啤酒，为什么不用他的名字命名，扩大影响？事情自然成立，于是自此有了以赫拉巴尔几种肖像作为商标的啤酒。啤酒大受欢迎，喝这样的啤酒就像喝历史、喝文化，为此宁布尔克啤酒厂要为赫拉巴尔在厂里立一个纪念碑，赫拉巴尔开始并不同意，厂方坚持要立，赫拉巴尔同意了，但是提出不要纪念碑，只在厂房墙根儿地方钉一个纪念铜牌即可——“我的名字，只能是这样的高度，小狗撒尿也够得着。”

如今30年了，这牌子仍然在，我看到了，蹲下，看了好一会儿。我不爱照相，但是在这儿照了相。我觉得这和把他的名字钉马路当间如出一辙，是赫拉巴尔对自己的评价，也是对世界的评价。他如此谦逊，难道不也如此高傲？一种骨子里的卡夫卡的东西。

赫拉巴尔纪念馆也和别的纪念馆不太一样，很小，就几间房，在淡黄寂静小城一条小街的一侧，小门，一个小窗，像黄金小路上的房子——捷克几乎有一种“小”的哲学。纪念馆自然有作家的照片，里面一间屋子再现了作家生前写作的情景，写字桌、打字机、烟缸、笔、钉书器等，此外主要是世界各地翻译出版的赫拉巴尔的书，琳琅满目。令龙冬喜出望外、孩子一样高兴的是：有一个在中国出版的赫拉巴尔作品的橱窗，玻璃罩着，十分隆重，我一看主要是龙冬在中国青年出版社和北京出版社推出的赫拉巴尔系列。上次还是散摆，像其他国家翻译的一样。管理员也看出推广者来了，很高兴，哪怕语言不通。我看到了我在地铁上读的《过于喧嚣的孤独》那套较早的书，不能平静，感到地铁列车呼啸在耳。这不是一个常有的时刻，我觉得我在分身，有两个自己两个空间同时在我身上，列车穿梭，好像下站就是布拉格。现在是宁布尔克站……在这个小小的如此平凡的纪念馆，我觉得也是时间对我的奖赏，虽隔着千里万里。

一行人（龙冬、徐晖、赵雪芹、文爽）要我代表在留言簿留言，每人在留言下面签字。我想了想，写下的留言是：

“低处的赫拉巴尔让我们仰望。”

他很低，世界也不高。

这就是赫拉巴尔。

（2017 年 7 月 27 日）

精品栏目荟萃

《副刊面面观》

《心香一瓣》

《纽约客闲话精选集　一》

《多味斋》

《文艺地图之一城风月向来人》

《书评面面观》

《上海的时光容器》

《谈艺录》

《问学录》

《名人之后》

《纽约客闲话精选集　二》

《编辑丛谈》

《本命年笔谈》

《国宝华光》

《半日闲谭》

《这么近，那么远》

《群星闪耀》

《深圳，唤起城市的记忆》

个人作品精选

《踏歌行》

《家园与乡愁》

《我画文人肖像》

《茶事一年间》

《好在共一城风雨》

《从第一槌开始》

《碰上的缘分》

《抓在手里的阳光》

《阿 Q 正传》

《风吹书香》

《书犹如此》

《泥手赠来》

《住在凉山上》

《老解观象》

《犄角旮旯天津卫》

《歌剧幕后的故事》

《色香味居梦影录》

《走读生》

《回家》

《武艺十八般》

《一味斋书话》

《收藏是一种记忆》

《沙坪的酒》

《花树下的旧时光》

《嘉兴人与事》

《“闲话”之闲话》

《丽宏读诗》

《流水寄情》

《我从〈大地〉走来》

《慢下来，发现风景》

《有时悲伤，有时宁静》

《装帧如花》